在最美的时光里
遇见最好的爱情

慕容素衣 著

北京出版集团公司
北京十月文艺出版社

献给所有在爱情中摸爬滚打
却始终相信爱情的美好女子

情不知所起,一往而深

一辈子那么长，嫁个能让你笑的男人很重要

最好的婚姻，大多势均力敌

从前慢，一生只够爱一个人

喜欢就会放肆，而爱是克制

爱情不是终日彼此对视,而是共同眺望远方,相伴而行

目录

1　宋清如和朱生豪　醒来觉得甚是爱你

11　林徽因和梁思成　爱情并不是终日彼此对视而是共同眺望远方

21　孙多慈和徐悲鸿　满腹相思都沉默

32　宋美龄和蒋介石　好的婚姻，大多势均力敌

42　张爱玲和桑弧　我曾经毫无指望地爱过你

53　于凤至和张学良　付出半生的等待，换来的只是感动

62　萧红和萧军　爱有多炽烈，就有多伤人

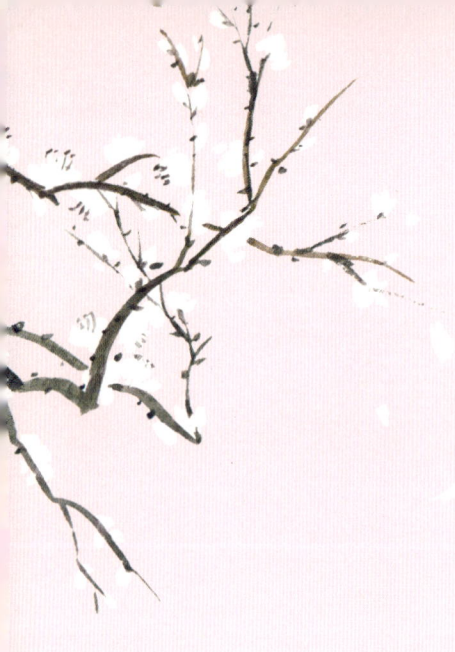

147 百助枫子和苏曼殊 还卿一钵无情泪,恨不相逢未剃时

156 毛彦文和吴宓 你只是爱上自己心中的一个幻影

166 韩菁清和梁实秋 爱情里永远没有太晚的开始

175 廖翠凤与林语堂 一辈子那么长,嫁个让你笑的男人很重要

184 蒋碧薇和张道藩 就算是执迷,我也执迷不悔

196 杨绛和钱锺书 有种爱如静水流深

73　张元和与顾传玠
　　情不知所起，一往而深

83　张允和与周有光
　　找个有趣的人一起变老

95　韦莲司和胡适
　　喜欢就会放肆，而爱是克制

106　王映霞和郁达夫
　　有多少神仙眷侣，变成了人间怨偶

117　冰心和吴文藻
　　从前慢，一生只够爱一个人

127　石评梅和高君宇
　　最心痛是爱得太迟

137　杨之华和瞿秋白
　　一次最完美的离婚，成就了一段红色奇缘

宋清如和朱生豪

醒来觉得甚是爱你

从前的日子过得慢，车、马、邮件都慢，从前的情书，却比现在美得多。

2014年，我的微博、朋友圈都被"醒来觉得甚是爱你"这句话刷屏了。人们不知，这句话出自一个名叫朱生豪的人笔下，是他写给妻子宋清如的。

以前一直觉得，如果要选出民国最美情话，肯定是从沈从文、徐志摩、鲁迅等人的诗文之间任选其一，直到朱生豪重新被发掘。

沈从文的情书是典型的单恋之人的情书，一派痴情，略带一丝孩子气，比如"三三，莫生我的气，许我在梦里，用嘴吻你的脚，我的自卑处，是觉得如一个奴隶蹲到地下用嘴接近你的脚，也近于十分亵渎了你的"，带着茫然无措的稚子气息，爱让我们的大作家卑微到"只想下跪"，让人心生怜惜。

徐志摩的情书是典型的热恋中人的情书，如痴如醉，火爆热烈，比如"龙呀,你应当知道我是怎样的爱你;你占有我的爱,我的灵,我的肉,我的'整个儿'永远在我爱的身旁放置着,永久的缠绕着。真的,龙龙!我有时真想拉你一同死去,去到绝对的死的寂灭里去实现完全的爱,去到普通的黑暗里去寻求唯一的光明"。看得出来,我们的诗人,已经被爱冲昏了头脑,这样的爱,热烈得未免过了头,让读的人都未免脸红。

鲁迅的情书则是典型的夫妻之间的家常情书,著名的《两地书》尽管大多写于他和许广平恋爱时,却多是关于柴米油盐,琐琐碎碎,离不开日常生活,比如"此地四无人烟,图书馆中书籍不多,常在一处的人,又都是'面笑心不笑',无话可谈,真是无聊之至。海水浴倒是很近便,但我多年没有凫水了;又想,倘若害马在这里,恐怕一定不赞成我这种举动,所以没有去洗"。信中,他亲昵地称许广平为"害马",有时也称她"小刺猬",倒是显露出活泼的一面来,但绝大多数时候,他写的信都是家长里短,读起来给人的感觉他俩之间不像是恋人,倒像是夫妻。

朱生豪的情书,迥异于以上三人的风格,不至于热烈得过了头,也不至于琐碎得太絮叨。他的情书缠绵得恰到好处,炽烈得恰如其分,一贯深情,偶尔俏皮,有一种不疾不徐、舒缓自如的情感洋溢其中:

"我是,我是宋清如至上主义者。"

"我愿意舍弃一切,以想念你终此一生。"

"世上一切算什么,只要有你。"

"要是世上只有我们两个人该多么好,我一定把你欺负得哭不出来。"

"我一天一天明白你的平凡,同时却一天一天愈更深切地爱你。你如照镜子,你不会看得见你特别好的所在,但你如走进我的心里来时,你一定能知道自己是怎样的好法。"

"我爱你也许并不为什么理由,虽然可以有理由,例如你聪明,你纯洁,你可爱,你是好人等,但主要的原因大概是你全然适合我的趣味。因此你仍知道我是自私的,故不用感激我。"

"我们都是世上多余的人,但至少我们对于彼此都是世界最重要的人。"

"我想作诗,写雨,写夜的相思,写你,写不出。"

"我想要在茅亭里看雨、假山边看蚂蚁,看蝴蝶恋爱,看蜘蛛结网,看水,看船,看云,看瀑布,看宋清如甜甜地睡觉。"

"我找到了你,便像是找到了我真的自己。如果没有你,即使我爱了一百个人,或有一百个人爱我,我的灵魂也仍将永远彷徨着。你是 unique(独一无二)的。我将永远永远多么多么的欢喜你。"

…………

在一个远离情话的年代里，读着这样的绵绵情话，忽然有些恍惚，难以想象，是怎样深情绵邈的人，才会说出这样令人心醉的情话呢？

爱情在这些情话里呈现出最完美的一面来，没有猜忌，没有懊恼，有的只是欢喜，只是诗情画意。沐浴在爱情之河中的人，无一事不觉得称心，就像朱生豪在信中所说的"风和日暖，令人愿意永远活下去"。

完美的爱情，宛如完美的天气，令有幸遇到的人愿意永远活下去。朱生豪和宋清如就是这样的幸运儿，他们遇到了彼此。

在嘉兴朱家的故居里，挂着一副题联："才子佳人，柴米夫妻"，那是他们结婚时，由著名词人夏承焘特意为这对新人撰写的。

结婚前，他们是才子佳人。

初遇时，朱生豪还是个一文不名的穷小子，却已初露才华，被称为"之江才子"。宋清如则是大家小姐，写得一手好诗，施蛰存说她的新诗有"如琼枝照眼，我以为你有不下于冰心之才能"。这位小姐年轻时以特立独行闻名，进校时就宣称"女性穿着华美是自轻自贱"，又说"认识我的是宋清如，不认识我的，我还是我"。

他们因诗结缘，当朱生豪看了宋清如的诗稿《宝塔诗》后，被其中蕴含的灵气和才思深深触动了，于是情不自禁地提起笔来和她诗词相和。

宋清如这样回忆初次认识朱生豪的情景："那时，他完全是个孩子。瘦长的个儿，苍白的脸，和善、天真，自得其乐地，很容易使人感到可亲可近。"

他的外表如孩子,腼腆、寡言,在同学们看来几乎"没有情欲";他的内心却埋藏着一座火山,堆积着太多炽烈的感情,只待喷薄而出。

沉默克制的人很难动情,一旦动了情,就会倾其所有,矢志不渝。朱生豪就是如此,宋清如之于他就像一根导火索,点燃了他累积多年的情感。

他们相识仅仅一年后就面临了分别,他去了上海工作,她继续留在杭州念书,从此开始了漫长的鸿雁传书。

临别时她送给他一支笔,就是用这支笔,他给她写了五百多封情书。

这是一场构筑在"纸"上的爱情,婚前他们相爱十年,有九年在通信。朱生豪把他最好的一面都展现在信里了,只有在文字构筑的世界里,他才能够实现真正的无拘无束、潇洒自如,可以深情款款,也可以任性调皮。

谁能想到那个在同学们眼里沉默得近乎木讷的朱生豪,笔底居然如此活泼又如此丰盛,在信中,他戏称宋清如为"阿姊、傻丫头、青女、无比的好人、宝贝、小弟弟、小鬼头儿、昨夜的梦、宋神经、小妹妹、哥儿、清如我儿、女皇陛下"等,自己则谦称为"你脚下的蚂蚁、伤心的保罗、快乐的亨利、丑小鸭、吃笔者、阿弥陀佛、综合牛津字典、和尚、绝望者、蚯蚓、老鼠"等。这样的诙谐,想必宋清如读信时,一定会忍不住喷饭吧。

分离让他们刚刚建立的感情更加炽热，所以朱生豪说："似乎我每次见了你五分钟，便别了你一百年似的。"

他们的感情在纸上早已燃到了沸点，可在现实生活中，却是聚少离多，偶尔见了面也是淡淡的，两个人都不像信中那样自如，我们的情书大师好像还没有掌握让爱情在现实中升温的诀窍。

这场过于漫长的异地恋一谈就是十年，在此过程中，宋清如拒绝过朱生豪的求婚，理由是她认为婚姻是爱情的坟墓。对此，朱生豪很有耐心，给爱人写了一封饱含哲理的信："做人最好常在等待中，须是一个辽远的期望，不给你到达最后的终点。但一天比一天更接近这目标，永远是渴望。不实现，也不摧毁。每发现新的欢喜，是鼓舞，而不是完全的满足。顶好是一切希望化为事实，在生命终了的一秒钟。"

好的爱情具有催人奋进的力量，朱生豪年轻时也是很迷茫的，一度沮丧地对宋清如说："如果到三十岁我还是这样没出息，我非自杀不可。"

幸好在认识宋清如不久后，二十三岁的朱生豪确立了一生的志向：翻译莎士比亚戏剧。当时他将翻译事业当作摆脱迷茫的一剂良药，也为了给中国人争一口气，还有一个重要的原因则是，他想把莎翁的译著当成一份"爱的礼物"献给宋清如。他在给她的信中这样写道："你崇拜不崇拜民族英雄？舍弟说我将成为一个民族英雄，如果把 Shakespeare 译成功以后。因为某国人曾经说中国是无文化的国家，连老莎的译本都没有。"

这样的志向，几乎称得上是壮志凌云。要知道，朱生豪只是一个在世界书局任职的小职员，默默无闻，毕业的之江大学也不是什么知名学府。而在当时，翻译莎士比亚的可是梁实秋这样的前辈。一介后生小子，敢和文坛大腕较劲，真叫人替他捏了一把汗。

宋清如却毫无保留地相信他、支持他，并在经历了多年的爱情长跑后，毅然和他携手步入了婚姻的殿堂，那一年，宋清如已经三十一岁了，朱生豪也有三十岁了。两人一贫如洗，连婚礼上穿的衣服都是借来的，可他们心心相印，有着对未来最坚定的信念。

结婚后，他们是柴米夫妻。

有人曾经让宋清如形容他们婚后的生活，她简洁地回答说："他译莎，我烧饭。"

贫穷的日子里，朱生豪仍是那个两耳不闻窗外事的才子书生，一心扑在翻译莎士比亚剧作的工作上。宋清如呢，这个写得一手"如琼枝照眼"般文章的佳人，却甘心洗手做羹汤，转身做朱生豪背后的妻子。

为了贴补家用，宋清如除了主动担当起家庭主妇的责任外，还常去缝纫店揽些针线活回家"加班"。为了量入为出，她每月上旬总先把柴米买好，其他开支能省的一律省去。她带回家的蔬菜常常是以"一清二白"为主，即青菜和豆腐，吃到鸡蛋就算"开荤"。没有钱买牙粉，他们便用盐代替。朱生豪的头发长了，宋清如亲自拿剪刀给他修剪。

物质上，他们是困窘的；精神上，他们却是愉悦的。朱生豪译好的稿件,宋清如是第一个读者,还同时扮演着校对者和欣赏者的角色。艰苦的翻译工作之余,他们一起选编了《唐宋名家词四百首》,作为译莎之外的"课间休息"。

他比婚前更加依恋她,一次,宋清如有事回了趟娘家,朱生豪竟每天站在门口的青梅树下等候爱妻归来。那时阴雨连绵,他每次想起她时,就会捡一片落花,写一段思念她的话:"昨夜一夜我都在听着雨声中度过,要是我们两人一同在雨夜里做梦,那境界是如何不同,或者一同在雨夜里失眠,那也是何等的有味。"

等到宋清如二十天后归来时,花瓣已收集了一大堆,她看到夫君消瘦许多、失魂落魄的样子,心疼得直流眼泪,以后,两人再也没经历过长时间的分别。

日子的艰辛和时局的动荡让朱生豪越来越沉默,他闭门不出,拒绝与人来往,把全部时间和精力交给翻译工作,一年之中,整天不说一句话的日子有一百多天,说话不到十句的有二百多天,其余日子说得最多的也不到三十句。他曾经说:"真的,只有埋头于工作,才多少忘却了生活的无味,而恢复了一点自尊心。"

朱生豪的坚毅和沉默一样令人吃惊,在翻译莎翁剧作的过程中,他的译作曾经一度毁于战争的炮火,可他马上拾起笔,又从头译过。宋清如在一篇文章中回忆道:"'八一三'的炮火,日敌在半夜里进攻,把他从江山路赶了出来。匆忙中他只携着一只小小的手提箱,中间塞满了莎氏剧全集、稿纸、一身单短衫……他姑母见他把衣服被褥整个儿的全部财物都给丢了,气得直骂,他却满不在乎,只管抱着莎士比亚过他的日子。"

长期的伏案劳作摧毁了他的健康,婚后才一年多,他不幸染上了肺结核,由于经济情况没有得到良好的治疗,很快病情转危。这时,他最遗憾的是"莎翁剧作还有五个半史剧没翻译完毕,早知一病不起,就是拼着命也要把它译完"。

临终前,宋清如给他擦拭身体,他喃喃地说:"我的一生是清白的。"生命的最后一刻,他大叫一句:"小清清,我去了!"不待爱妻回答,就撒手归去了。

他去世时,宋清如还只有三十二岁,两人结缡不到两年。留在身后的,是爱妻稚子,以及未竟的翻译事业。

宋清如曾说:"你的死亡,带走了我的快乐,也带走了我的悲哀……活着的不再是我自己,只像烧残了的灰烬、枯竭了的古泉,再爆不起火花,漾不起漪涟。"

朱生豪身后一贫如洗,留下的只是三十一种、一百八十万字莎剧的译稿,那是他承诺送给她的"爱的礼物",比任何财产都珍贵。她的后半生致力于出版这份译稿,让他生前的遗憾臻于圆满。她也曾和别的男人有过感情纠葛,却没有再嫁。

正如他们的儿子朱尚刚所说,老去的宋清如把一切都看得很淡了,唯有朱生豪仍是她心目中永远清晰的偶像。她在最后一段生活道路上,把剩下不多的全部精力都用来塑造这个偶像了。

朱生豪病重时曾对妻子说:"要是我死了……不要写在什么碑板上,请写在你的心上,这里安眠着一个古怪的孤独的孩子。"

五十三年后，宋清如溘然长逝，因丈夫的墓已毁于"文革"，所以她只能带着朱生豪翻译的《莎士比亚全集》、他写给她的书信及那个装了他灵魂的信封一起下葬。

倘若有另一个世界的话，他们将一同在雨声里做梦，一同在雨声里失眠，他们的故事不仅留在了书信里，更写在了彼此心上。

林徽因和梁思成

> 爱情并不是终日彼此对视,而是共同眺望远方

1934年夏,山西灵石乡间的泥泞小道上,走来了两对年轻夫妇。这是一个奇异的组合,其中一男一女是高鼻深目的外国人,另外一对则是温文尔雅的中国人。他们各自骑着一头毛驴,沿着山道缓缓而行,遇到有古旧寺庙,就兴奋地停下来,拿出皮尺去细细测量。

"此身合是诗人未,细雨骑驴入剑门。"骑驴和骑马不一样,骑在驴背上缓步慢行,更易细赏路上风光。驴的体格小巧,正好适合那对年轻的中国夫妇,他们看上去是如此文弱,长途奔波使他们的脸上挂上了一些风霜,却无损于他们的光彩。

女的开朗活泼,笑起来脸上梨涡浅现,嘴里还咭咭呱呱说个不停;男的文质彬彬,比较内敛,鼻梁上架一副金丝眼镜,抿着嘴唇,不笑时显得有些拘谨。

这对男女就是著名的梁思成、林徽因伉俪,他们那时还十分

年轻,正在进行着一生中最为愉快的旅行,相伴的是来自美国的挚友费正清、费慰梅夫妇。

这段旅程,用他们的话来说,是"辗转于天堂和地狱之间",他们为艺术和人文景色的美所倾倒,却更多地为他们食宿之处的肮脏和臭气弄得毛骨悚然、心灰意懒。

人困驴乏之际,他们赶到了位于霍山的广胜寺。费氏夫妇睡在小钟楼护栏的露天平台上,仰头就能望见灿烂的星空。梁思成和林徽因则把帆布床支在寺中大殿,睡在大佛的庇荫下,睁眼就能研究顶上的建筑。

这段旅程,很像他们婚姻和人生的一段缩影,尽管生于乱世,他们却从未动摇过内心的坚持,携手走过风风雨雨。从这些动人而亲切的生活片段里,我们更加感受到,"他俩情笃而慌乱的婚姻生活中迸发的生命之光"(史景迁语)。

这对夫妇,为林徽因的盛名所掩,常被误读为"女神和她的守护者"。事实上,他们互为补充,互相成就,一起设计了国徽和人民英雄纪念碑,一起为保护北京古城墙四处奔走,堪称建筑界的神仙眷属。

神仙眷属究竟是什么样子?武侠大师金庸曾着力描述过。他的笔下有一对夫妇,男的憨厚稳重,女的慧黠无双,两人年少行走江湖时,分开来看武功还不见得如何出色,后来"双剑合璧",终于成了名动江湖的一代大侠,他们就是郭靖和黄蓉。

梁思成和林徽因,当年就是行走在建筑界的一对侠侣啊。就像郭靖和黄蓉一样,他们诠释了互补型爱情的最佳状态,"一加一"之后起了神奇的化合作用,其效果远远要大于二。如果没有林徽因,梁思成的建筑文稿将会黯然失色不少;如果没有梁思成,林徽因也可能只是民国众多的女文青之一,很难在建筑史上留下赫赫名声。

他们并非毫无缺陷,一个太过拘谨严肃,一个过于天马行空,可二者合二为一,却成就了建筑史上的双子星座。他们从莫斯科乘坐火车回国时,正值新婚燕尔,在和他们偶遇的美国人查尔斯眼里:"他们两人是完美的组合——一种气质和技巧的平衡,即使在早年,也能看出两人合为一体,比各自分散所得成果要大得多——一种罕有的奇迹一般的配合。"

这样一对奇迹般的组合,还得归功于梁思成的父亲梁启超和林徽因的父亲林长民,这两位父亲都在日本待过,都在政府担任高官,很乐于结为儿女亲家。令当今年轻人设想不到的是,梁思成和林徽因两人都出过国,留过学,在婚恋方面走的却是最传统的父母之命、媒妁之言的道路。

在林徽因的生命中出现过三个男人——徐志摩、梁思成和金岳霖。如果把她的生命比作一段华彩乐章,徐志摩只是前奏,金岳霖是插曲,梁思成才是贯穿始终的主旋律。

当父亲们为两位小儿女订下婚约时,梁思成还只有十八岁,林徽因十五岁。梁启超跟他们说得很清楚,尽管双方父亲都赞同这门亲事,但最后的决定还是在于他们自己。

少女情怀总是诗。虽然知道父亲有意把自己许配给梁思成,十五岁的林徽因并没有太把这个傻小子当回事，而是跟着父亲出国了，并谱写了一段至今被人们津津乐道的恋情。

同在异乡，林长民和徐志摩一见如故，两个大男人甚至玩起了互通情书的游戏，由徐志摩扮作已婚女子，林长民则装成已婚男士。

徐志摩比林徽因年长十岁，一开始，这位大叔只不过是她的"徐叔叔"。没承想，大叔渐渐爱上了小萝莉。她的娇俏活泼和艺术气质，都让他大为倾倒。

身为一个十几岁的少女，林徽因显然也被徐诗化的性格和满腔的热忱打动了。他们在一起谈论文学，用费慰梅的话来说，徐在不自觉地扮演了一个导师的角色，领着林徽因进入诗歌和戏剧的世界，体验新美感和新观念。

诗人被一腔热情烧昏了头脑，对女孩说他想离婚，并向她求婚。此时，他的妻子张幼仪正怀着他们的第二个孩子。

他没想到，这个举动吓坏了林徽因。她爱慕他，也景仰他，却从未想过破坏他的婚姻。这和她的出身有关。从她很小开始，她的母亲就因父亲娶了妾而失去了所有的宠爱。她不忍心因为自己的介入，让另一个无辜的女人承受和母亲同样的羞辱。

面对诗人的求婚，林徽因退却了。虽然还只有十几岁，她已经显示出一种和年龄并不相称的理智。她天性中有追求浪漫的一面，可骨子里仍然是相当理性的。她清醒地意识到，自己和徐志摩并不合适，"天空的蔚蓝爱上了大地的碧绿"，换来的只是微风般的一声轻叹。

前奏已毕,接下来,就是奏响主旋律的时候了。

林徽因随父亲回国后,开始和梁思成正式接触。表面看来,这两个年轻人女的太过活泼,男的太过沉稳,并不那么契合,其实,他们骨子里是同一类人,都有着献身于事业的热忱和醉心于艺术的气质。

用现在的话来说,这是一对热爱文艺的工科生,林徽因固然是多才多艺,梁思成也并不输于她。在清华,他是管乐队队长、第一小号手。在宾夕法尼亚大学,他是合唱团成员,他还是体育健将,喜欢跑步、跳远、攀爬和体操。这样的他,完全打破了人们心目中对于工科男的刻板印象。

说到攀爬,还有一桩趣事。一次林徽因和梁思成逛太庙忽然就找不见他了。结果是梁悄悄爬上了树,在树上喊她的名字。"那可是第一次和他出去玩,真把我气坏了。"林徽因抱怨道。很多年后,回想起这一幕,梁思成打趣她说:"可是你还是嫁给了那个傻小子。"

"傻小子"1923年不幸遇到了车祸,由于治疗不当,他的腿从此有点跛,必须穿上钢架才能行走。林徽因亲自照料他,在他病榻前谈笑风生,软语温存,毫不避讳,惹得梁家妈妈暗自腹诽:这女子如此新派,未免有点于礼不合。

思成父亲梁启超倒是很喜欢这位未来儿媳,他们在梁启超的帮助下,一同赴美国的宾夕法尼亚大学留学。去宾大是林徽因的主意,这里有全美一流的建筑系。

在建筑这条路上，林徽因是先行者，早在伦敦留学时，她就确定建筑是她想要的事业，一种把艺术创造和人的日常需要结合在一起的工作。回国之后，她轻易地引导梁思成走上了同一条路。那时梁还没有确定要学什么，他热爱绘画，与绘图有关的建筑正合他的心意。

当新派女子林徽因遇到傻小子梁思成，一开始确实有不少摩擦。在思成的心目中，他和她是一种"没有正式订婚"的亲密关系。可林徽因天生善于交际，正在充分享受着美国的民主和自由，追求者多如过江之鲫。所以当梁思成觉得对她有责任想管管她时，她常常会嗤之以鼻。

更多的时候，他们在学着相互容忍和迁就。大学时代，他们性格互补的优势就开始显露出来了。林徽因满脑子都是创意，可缺乏耐心，常常先画出一张建筑图样，脑子里有了别的点子，就索性把图样丢到了一边。等到交作业期限来临，已经赶不及了。这时候是梁思成以他那准确熟练的绘画功夫，把那乱七八糟的草图变成一张整洁、漂亮、可以交卷的作品。

这种亲密无间的合作，贯穿了他们的婚姻生活和建筑生涯，始终坚持如初。

世界上有两种夫妻，一种性情相近，志趣相投，从一个人身上可以看到另一个人的影子，如钱锺书和杨绛；一种性格迥异，相互迁就，梁思成和林徽因就是这种。他们的结合让人感叹，两个看起来南辕北辙的人居然也能如此和谐，这只因为他们互相包容。

林徽因这一生之所以让万千女性嫉妒，是因为她遇到的三个男人都对她太好了，徐志摩终身怀念她，金岳霖终身仰慕她，梁思成则呵护了她一辈子，宠爱了她一辈子。

恋爱期间，林徽因每次和他约会前，总是悉心打扮，他就在下面耐心等，从不厌烦。梁思成的弟弟为此还撰写了一副有趣的对联，上联是"林小姐千装万扮始出来"，下联是"梁先生一等再等终成配"，横批是"诚心诚意"。那些抱怨女朋友打扮太久的男生们，真该向梁思成学习下什么是耐心。

林徽因有一面用了很久的铜镜，那是梁思成送给她的"定情信物"，是他用了一周的时间雕刻、铸模、翻砂，再经仿古处理而成的。上面刻着"徽因自鉴之用民国十七年元旦思成自镌并铸喻其晶莹不珏也"，铜镜制成后，他还调皮地拿去给专家鉴定，蒙得专家苦思不解，不敢说是哪朝哪代的古董，以后见面就被这位专家叫作"淘气鬼"。

结婚之后，林徽因体弱多病，长期为病痛所苦，为了照顾她，梁思成常常亲自担任她的"护士"，为此还特意学会了注射。婚后他曾去美国出差，回国后没有买礼品答谢亲友，而是给卧病在床的她带回了一堆新奇的电子小玩意儿，用来安慰和丰富她的病床生活。这些礼物中，有可以调整的帆布靠背，有可以调节的读写小桌，还有一台精巧的录音机。

谁说工科男不懂浪漫的？这一份份出自梁思成之手的"爱的礼物"，是多么别致又多么贴心啊。

他是她的知己，安慰者，也是她的守护人。对这位一等再等终成配的爱妻，他一生都奉为珍宝，民国年间有句经典的话说"文章是自己的好，老婆是别人的好"，他却骄傲地改为"文章是老婆的好，老婆是自己的好"。

他无条件地包容她，甚至于容纳了她浪漫多情的天性。徐志摩因飞机失事死后，林徽因大为伤心，他应她的要求，捡回了一块飞机残骸，任由她悬挂在卧室之中。

抗战期间，林徽因和金岳霖日久生情，向他倾诉说："我可能爱上了别的人。"他经过一夜痛苦的思索后，大度地对她说："老金如果真的爱你，我可以退出。"正是这份大度，让金岳霖自愧不如，深感梁思成才是真正爱林徽因的人，于是选择了退出。

梁思成是一个真正的笃诚君子，林徽因，则不仅仅只是一个美人。他们结婚时，金岳霖曾撰写了一副对联致贺，上联是"梁上君子"，下联是"林下美人"。梁思成很高兴，因为"梁上君子"四个字恰好切合他热爱的建筑事业。林徽因却不以为然地说，什么美人不美人的。

她年轻的时候，确实有着异乎寻常的美貌。后来疾病缠身，日渐磨损了她的美貌，却一点都无减于她的风采，林洙曾经描写她说："一个人瘦到她那种程度很难说得上美，但是一旦和她接触，实体的林徽因就不见了，你所感受的只是她的精神，她的智能与美的光芒。"

林徽因的魅力，不仅在于容貌，更在于她与生俱来的活力。

时无两。

她待字闺中多年，并不是没人追求，而是这位宋家小妹眼界太高，在给终身好友米尔斯的一封信中她写道："在船上遇见我的命运之后，我乐于待在家里，也不想结婚。"

和所有青春少女一样，宋美龄她也有过非常单纯的初恋，那时她还只有十九岁，在返回中国的游轮上遇到了一位美国建筑师。在游轮上的十天时间里，两人相互倾慕，这段感情最终因家人反对而告吹。后来她和刘纪文有过婚约，可在她心目中，刘纪文并不是理想的结婚对象。

直到 1926 年，她和蒋介石在大姐宋霭龄的家庭聚会上相识，两人几乎称得上一见钟情，宋美龄同时敏锐地认识到，对方就是自己理想的结婚对象。

这一年，宋美龄已经二十九岁了。

关于年龄对婚姻的作用，作家李筱懿有段话总结得很好："千万不要小看年龄的作用，女人不同年龄段对男人和生活的选择截然不同。十五岁的女孩心仪的对象是班里品学兼优的班长，或者高年级善投三分球的体育委员；二十岁的姑娘则对那个送自己九百九十九朵玫瑰的高富帅毫无免疫力；三十岁的女子，更关心婚姻中理想与现实的契合度，她们深知，选择一个男人就是选择一种人生，婚姻对女人有着无可比拟的重塑功能；而四十岁的女性早已走过激情燃烧的岁月，对少年夫妻老来伴有着或多或少的认可，头疼脑热时候的一杯水，显然比一朵玫瑰更能打动她们。"

更有一家报纸刊登了一幅漫画，画的是一个枪杆子和一堆钱瓶子结婚，题为"军阀和财产的结合"。

不少人等着看他们的笑话：他不是已经抛弃两个妻子？她会成为第三个弃妇也完全有可能；她不是看中了他的政治潜力吗？没准他就此一蹶不振了。

结果，等了半个多世纪，人们没有等来预料的结局，他们没想到，这两个人的婚姻并没有走向破裂，反而越来越稳固。他被困西安时，她没有撒手不管，而是以身犯险，多方营救；他败走台湾后，她一直陪在身边，无怨无尤；她一生未育，他便教诲和前妻所生的儿子，要永远敬她如母，不许有半点懈怠；他本无信仰，后来竟为了她，转信了基督教。

他们用近半个世纪的风雨同行，让当年人们眼中充斥着讽刺的婚姻，变成了爱情佳话。

这不禁让人深思，为什么蒋介石有过那么多女人，还结过两次婚，唯独却和宋美龄白头到老？

答案就是，婚姻就如弈棋一样，讲究的是势均力敌，棋逢对手。他之前遇到的那些女人，都远远弱于他，只有宋美龄，才是和他一个段位的，甚至棋高一着。她不是攀援的凌宵花，而是他近旁的一株木棉，始终以树的姿态，和他站立在一起。

他们相识之初，她之于他，并不是高攀，而是俯就。

那时，她是交际场上赫赫有名的宋家三小姐，家世显赫，熟谙六国语言，和美国人谈过恋爱，和少帅张学良跳过舞，风头一

宋美龄和蒋介石

好的婚姻，大多势均力敌

1927年12月1日，一场西式婚礼在上海举行，盛况空前。新郎西装革履，风度翩翩，新娘一袭婚纱，美若天仙，来宾不是达官，就是贵人，堪称20世纪最为轰动的婚礼。

这是一桩事先并不被看好的婚姻。

结婚时，他四十岁，出身农村，头已半秃，官场失意，结过两次婚，以风流无行出名。

她呢，正好三十岁，世家小姐，风度优雅，在美国留学多年，英语说得比母语还要流利，追求者从家门口一直能排到太平洋对岸。

没错，这对新人就是为大家所熟悉的蒋介石和宋美龄。

从家世背景到成长经历，这两个人都显得格格不入。他们的结合，在当时并不被人祝福，而是人们攻击的靶子。

有媒体一语双关地形容为"中（蒋中正）美（宋美龄）合作"，

人随风过，自在花开花又落，

不管世间沧桑如何。

一城风絮，满腹相思都沉默，

只有桂花香暗飘过。

去桂林旅行时，正逢桂花开，满城都是幽幽的桂花香，一阵
风吹来，就像下了一阵黄金花雨，洒得人满身都是。遥想当年，
孙多慈和徐悲鸿也曾在这城中共赏花开，而今，赏花人早已换了
面孔，只有桂花依旧香如故。

沉默，赢得了人们对她以及对这段感情的尊重。

孙多慈仅仅活了六十三岁，就因患乳腺癌去世。关于徐悲鸿，她除了留下几封信外，没有其他任何只言片语。她的表妹陆汉民晚年回忆说，孙多慈结婚几年后，她曾经问表姐，现在你还想着徐先生吗？孙多慈叹了一口气说，那是一辈子的事情啊。

后来，在很多关于他和她的传说中，她果然以想念他终此一生。

在写他们的故事时，我脑海中常常回旋着罗文唱的那首《尘缘》：

> 尘缘如梦，几番起伏总不平，
> 到如今都成烟云。
> 情也成空，宛如挥手袖底风，
> 幽幽一缕香，飘在深深旧梦中。
> 繁花落尽，一身憔悴在风里，
> 回头时无情也无语。
> 明月小楼，孤独无人诉情衷，
> 人间有我残梦未醒。
>
> 漫漫长路，起伏不能由我，
> 人海漂泊，尝尽人情淡泊。
> 热情热心，换冷淡冷漠，
> 任多少深情独向寂寞。

得知他的婚讯后，孙多慈画了一幅红梅图轴送给他，画上，她题了几句诗："倚翠竹，总是无言，傲流水，空山自甘寂寞。"

事到如今，还能说什么呢，他和她纠缠十年，面对他不顾一切的热情，她一直处于被动接受的位置。多少刻骨铭心，最后换成了无疾而终。那样浓烈的爱再也无法拥有了，纵然她对他还有着满腹的相思，从今往后，也只能沉默了。

徐悲鸿见画后，提笔在梅枝上补了一只没有开口的喜鹊，多少欲说还休的情愫，尽在画中诗里。他的心里，始终为这个温婉沉静的女学生留有一角，晚年有人向他索要书法条幅，他常常随手写出一首绝句："一片残阳柳万丝，秋风江上挂帆时。伤心家国无限恨，红树青山总不知。"这首七言绝句的作者就是——孙多慈。

很多年以后，孙多慈再次听到徐悲鸿的消息，是在台湾中山堂。那一天，她在中山堂门前遇到了蒋碧微，蒋碧微见到她，忍不住透露了一个消息：一岸之隔的徐悲鸿已在前几天去世了。

孙多慈听到这个噩耗后，眼泪夺眶而出，差点晕倒在地。

她的心情如何，从来没有人知道。连中年和她交往还算密切的琦君都说她："不是一个爱说话的人，许多语言，常以微笑代替。"

就是这样一个沉默到近乎安静的女子，在闻知徐悲鸿的死讯后，据说曾默默在家为他守了三年的灵。三年里，不食荤腥，缟衣素服。她用这种特殊的方式祭奠着逝去的爱人和那段曾经真挚热烈的感情。

他和她的恋情，一开始就没有被人祝福过，最终，她以她的急雨狂风避不禁，放舟弃棹匿亭阴；剥莲认识中心苦，独自沉沉味苦心。

红豆，又名相思豆，是这段"慈悲"之恋的图腾，似乎也预言了他们今后的分离。因为只有在分离时，才会相思。

知道和心上人厮守无望，徐悲鸿应邀远走印度讲学，一去就是四五年。

当时，国内正是战火纷飞，昔日柔弱的孙多慈如今已成长为家庭的顶梁柱，她需要考虑的，不仅仅是爱情，还有一大家子的生计。经人介绍，她认识了曾任浙江省教育厅长的许绍棣，两人开始谈婚论嫁。

理智上，她知道许绍棣比徐悲鸿更适合做丈夫，他稳重、细心、有权有势，给她找工作，把她一家人都照顾得妥妥当当。情感上，她却仍在怀念徐悲鸿，那个满身热情、像个孩子一样任性的艺术家，他是她的恩师，也是她的知己，更是她的爱人。

就在嫁给许绍棣前，她还托人给徐悲鸿寄信，信中深情款款地说："我后悔当日因为父母的反对，没有勇气和你结婚。但我相信今生今世，总会看到我的悲鸿。"

那时候，写信的她可能没有想到，今生今世，她竟再也没有见到她的悲鸿。至此，震惊世人的"慈悲之恋"终于画上了休止符。

徐悲鸿从印度返国后，得知孙多慈已嫁给许绍棣，木已成舟，再难挽回。次年，他娶了廖静文为妻。

式上离开徐悲鸿的庇护，是为了证明自己的能力，从而堵住所有的流言蜚语。不曾料到，十年尚未到期，两人竟天各一方。

徐悲鸿为了追求孙多慈，离开家庭，独自去往广西创作，并将孙多慈一家接到了桂林。在这座满是桂花香的城市里，他们度过了一段美好的日子，常相伴去漓江写生。徐悲鸿还曾设家宴，款待孙多慈家人。

为了让孙父同意二人的交往，徐悲鸿花钱在报纸上登了一则启事，大意是和蒋碧微感情已经破裂，从此脱离同居关系。不得不说，这真是一出昏招。蒋碧微和徐悲鸿同甘共苦，育有一子一女，已经构成家人朋友公认的事实婚姻，到头来，却换来了一纸"脱离同居关系"的启事，稍微明白事理的，都会为之心寒。

徐悲鸿的朋友沈宜申拿着这张报纸去见孙的父亲，想极力促成徐、孙的婚事，谁知老派的孙老先生看了之后，更加看不上徐的人品，于是坚决反对，而且带着全家离开了桂林，转往浙江丽水。孙多慈在此关键时刻屈服于父亲，去丽水的一所中学任教。

她托人给徐悲鸿寄来一颗红豆，此外不着一字，脉脉深情自在其中。徐悲鸿收到后，赋了三首《红豆》诗作答。

　　灿烂朝霞血染红，关山间隔此心同；千言万语从何说，付与灵犀一点通。
　　耿耿星河月在天，光芒北斗自高悬；几回凝望相思地，风送凄凉到客边。

着"悲"字。这对戒指,他一直带在身边,直到和廖静文结婚才取下。

孙多慈的名字,也是他改的,是为了和"悲鸿"二字相匹配。他甚至专门做了一方印,上钤"大慈大悲"四个字,这是他最钟爱的一方印章,在他三十年代的作品上,频频能看到这方印。

这段师生恋,并未如鲁迅和许广平那样修成正果,因为孙多慈不是许广平,她远远没有许广平那样热情决绝,更因为蒋碧微不是旧式原配,她留过洋,上过学,可不像朱安那样听天由命,甘心将自己的丈夫拱手相让。最重要的原因是徐悲鸿不像鲁迅那样富有责任感,他对孙多慈狂热有之,爱慕有之,却缺少一份之死靡他的坚贞,这也导致了他长期在蒋和孙之间摇摆,这对两个女人都是伤害。

蒋碧微性格刚烈,在婚姻保卫战里使的全是硬碰硬的招数。徐悲鸿曾经想为孙多慈争取庚子赔款的公费留学,蒋碧微出面找人,将他的计划破坏无遗;徐悲鸿兴修屋宇画室,孙多慈送来了一百株枫树苗,蒋碧微派人把枫树苗一把火全烧了,另外种植了桃李松柏,徐悲鸿无可奈何,只得愤而刻了一方印鉴,将画室命名为"无枫堂"。

蒋碧微的强硬,更让他思念孙多慈的柔情。这时孙多慈为了躲避舆论,已经回到家乡安庆教书。

1936年,孙多慈专程从安庆赶到南京,与徐悲鸿做了个"十年之约":十年之内,孙多慈将出门独闯世界,双方各自奋斗,互不通信——"十年,你也有个了断,我也有个结果"。她希望在形面对蒋碧微的质疑，徐悲鸿剖白说："你既然已经回来了，我想以后再也不会发生什么问题了。"他还郑重承诺，将设法带着妻子到外国去。

可感情上的事，从来都不是承诺约束得了的。徐悲鸿安慰蒋碧薇，他只不过是爱惜多慈的才华。这样的说辞，可能不仅仅是用来安慰妻子，更是用来欺骗自己的。

徐悲鸿这个人，奉行的是"独行偏见，一意孤行"，曾把这八个字挂在自己的画室里，上书"应毋庸议"的斋名。这样的人，投入感情中时也是不管不顾，一意孤行的。当初带蒋碧微私奔到日本时是如此，后来苦苦追求孙多慈时也是如此。他对孙多慈的热恋，开始还多加隐瞒，后竟发展到明目张胆的地步。

孙多慈报考中大艺术系，徐悲鸿甘冒天下大不韪，给了她图画一百分的成绩。顿时舆论哗然，其他学生纷纷跑到学校领导那去投诉，说徐悲鸿只顾偏袒孙多慈，其他人都是"陪公子读书"的。这事后来不了了之，徐悲鸿的处事作风可见一斑。

他逢人就宣扬孙多慈的才华，帮她张罗画展，为她卖画，替她加印画册，还偷偷变卖自己的画作筹集款项，以备她自费出国留学所需。

他带着她一同去天目山写生，两人出双入对，避开其他学子，在僻静处偷偷亲吻。孙多慈在山上发现一树红豆，便摘下两颗，献给了他。徐悲鸿拿到这份饱含少女情意的礼物，专门跑到银楼去打了一对戒指，将红豆嵌在其中，一个刻着"慈"字，一个刻那段时间恰逢蒋碧微在老家看护亲人，这位秀美温文、笑时甜蜜可爱的女学生，便取代师母，成了徐悲鸿画笔下的御用女主角。

他们一同出游，一同作画。久而久之，孙多慈越来越信任徐悲鸿，向他倾诉起不幸的身世来。原来，她父亲原是孙传芳的秘书，混战时孙军溃败，曾一度被投进监狱，身为长女的她，为之奔波劳忧不已。听了她的话后，徐悲鸿大受触动，终于明白她为何总是郁郁寡欢，他忍不住向她告白说："无论如何，现在有一个人在关心你！"

他给她画了很多画像，其中最有名的一幅叫作《台城夜月》。画中，他和她双双在一座高岗上，徐悲鸿悠然席地而坐，孙多慈则侍立一旁，深情地凝望着他。项间的纱巾正在随风飘扬，天际挂着一轮明月。

两人越走越近时，徐悲鸿的心情很矛盾，一方面沉浸在和孙多慈萌生的情愫中，另一方面又满怀着对妻子蒋碧微的歉疚。他给远方的妻子写了封信，直言不讳地说："如果你再不回来，我可能要爱上别人了。"

蒋碧微匆匆地赶了回来，看到了那幅《台城夜月》，也看到了徐悲鸿为孙多慈画的肖像。她二话没说，把《台城夜月》收了起来，声明说："凡是你的作品，我不会把它毁掉，可是只要我活在世上一天，这幅画最好不必公开。"可能也是出于愧疚，后来逃难中徐悲鸿自动将这幅画刮去，画上了另一个人的画像，他和孙多慈唯一的一幅合画自此湮没。

到六十岁就操劳过度，因病去世。说到孙多慈时，她只是轻描淡写地评价说："（孙多慈）并没有绝色的姿容，也不爱与人交往，沉默寡言，是个很普通的身材纤细的姑娘。"可能是在廖静文的心目中，那时孙早已嫁人，对她构成不了任何威胁。

徐悲鸿和孙多慈，是一场典型的"中国式"婚外恋。

初相遇时，徐悲鸿学成归国，在南京中央大学任美术系主任。自幼酷爱丹青的孙多慈经宗白华介绍，来到中央大学旁听。那时她年方十七，正当妙龄，即使看在同性眼中，也十分富有吸引力，女作家苏雪林曾经描述对她的印象："一个青年女学生，二十左右的年纪，白皙细嫩的脸庞，漆黑的双瞳，童式的短发，穿一身工装衣裤，秀美温文，笑时尤甜蜜可爱。"

民国时期，男老师和女学生之间似乎特别容易产生火花。沈从文和张兆和、鲁迅和许广平就是师生成功相恋的佳话，徐悲鸿对这位十七岁的孙姓女学生很快也产生了一种微妙的感情。从那以后，两人开始了长达十年的纠缠。

他和妻子蒋碧微，经历了"私奔"到日本的热恋期，迈进了婚姻的平淡期，结缡十年，正好是有点"痒"的时期。孙多慈的出现，恰如一阵春风，撩拨过他的心弦，让他"痒"得更厉害了。

起初，徐悲鸿只是爱才惜才。孙多慈毫无疑问是有才华的，在美院众多颖悟出众的学生中，也显得灵气逼人。即使她只是一个旁听生，却展现出惊人的天赋。徐悲鸿曾评价说："慈学画三月，智慧绝伦，敏妙之才，吾所罕见。"他发誓要好好培养她。

两人相遇时，徐悲鸿已使君有妇，他们的恋情，曾给徐的夫人蒋碧微造成了很大的伤害，也让当时的人为之非议。

见过孙多慈年轻时的照片，典型的民国女学生，清丽，温婉，眉目间像是笼着一层烟雾，有种无法消除的哀愁。

南方女子温如玉，满城烟雨的氤氲滋养出她们温润如玉的肌肤和情怀。孙多慈便是从南方山水走出的女子，原名孙韵君，安徽寿县人。安徽那地方，多奇山丽水，美如一幅清新淡雅的水墨画，从画中走出的孙多慈，便如那空灵一笔，身上犹带着雾气蒙蒙。

她给人最深刻的印象，竟是沉默。

和徐悲鸿有过密切关系的三个女人中，蒋碧微是强悍生猛的前妻，廖静文是斯文懂事的妻子，一个把青春献给了他，一个用后半生守护着他，只有中间的孙多慈如惊鸿照影，掠过了徐悲鸿的生命。

徐悲鸿过世后，蒋碧微推出过备受关注的《蒋碧微回忆录》，廖静文也写了《徐悲鸿的一生——我的回忆》，唯独孙多慈三缄其口，从来没有对人提起过那段往事。

在蒋碧微的笔下，家庭破裂的责任多半是因为徐悲鸿对孙多慈移情别恋，看得出她对前夫的这位女学生甚为恼恨，甚至只称她本名"孙韵君"，不肯叫她"孙多慈"，只因多慈是徐悲鸿给她改的名字。

而廖静文呢，提起前任蒋碧微来颇有怨言，认为不是为了补偿她离婚时索取的一百幅画，徐悲鸿也不会日夜劳作，以至于不

孙多慈和徐悲鸿

满腹相思都沉默

"若我再见到你，事隔经年。我该如何贺你？以沉默，以眼泪。"

在所有设想和前任久别重逢的诗里，我最喜欢拜伦的这首。短短的几行诗句里，却铭刻着曾经爱过的痕迹。

若多年后你我重逢，没有办法轻松地问候，只能报以沉默和眼泪，那恰恰证明当年曾深深爱过吧。

在民国时期，有一位名叫孙多慈的女子，因为造化弄人，最终和深爱的人天各一方，在分开后漫长的岁月里，她一直盼望着能和昔日爱侣重逢，可最后事与愿违。他在世时，她从未评价过他，他去世后，她毅然守灵三年，祭奠着他和她逝去的爱情，以沉默、以眼泪。那是一场曾让世人轰动的"慈悲之恋"。

引起轰动的缘故，是因为他们的特殊地位，男主角是以画马闻名于世的画家徐悲鸿，女主角则是民国六位新女性画家之一的孙多慈，两人在画坛都具有相当的名气；更是因为他们的特殊身份，后来流传下来的照片中，纤弱的林徽因身着旗袍，站在大梁之上，俨然成了"梁上美人"。

梁思成撰写《中国建筑史》时，林徽因特意查阅《二十四史》和各种资料典籍，做读书笔记，为书稿做种种补充、修改和润色。业内有种说法，自从林徽因去世后，梁思成后来写的书也失去了不少文采。

她也许称不上是一个"贤妻"，却给予了他传统"贤妻"不能给予的帮助和滋养。谁能说，这样的妻子不能算是一个好妻子？《小王子》里说，最好的爱情，并不是终日互相对视，而是共同眺望远方，相伴而行。他们眺望着的，始终是同一个方向。

有人称他们是神仙眷属，我倒觉得，神仙眷属太过完美了。如果拿神仙眷属的要求去衡量他们，普罗大众未免会挑剔些，比如，她疑似婚内爱上过别人，他则在她过世后娶了林洙。

其实哪有那么多神仙眷属，不完美才是人生和爱情的真相。在我看来，他们更像一对寻常夫妻，有过龃龉，有过裂痕，闹过绯闻，传过不和，庆幸的是，在并不完美的人生历程中，他们之间始终涌动着脉脉的情意，从未松开过彼此的手。他们的婚姻，犹如一只开过片的瓷瓶，披着一身的冰裂纹，看上去却更加精美了。

这种美，因为经历过濒临破碎的考验，所以更为动人心魄。

她会在病中去颐和园，"我从深渊里爬出来，来干这些被视为'不必要的活动'；没有这些，我也许早就不在了"。

用大众的眼光来看，纵然林徽因为梁思成生儿育女，操持家务，她也远远称不上是一个世俗意义的好妻子。理由和冰心在《我们太太的客厅》中批判的一样：她未免太爱出风头了，也未免太"作"了一点。

这样备受同性指责的一个女子，到底是凭什么赢得了丈夫对她的终身爱慕？

我想，可能是因为他们有着超乎寻常夫妻的特殊情谊，林徽因之于梁思成，不仅仅是妻子，更是事业上的伙伴，灵魂上的知己，以及精神上的引领者。

她引领他追求一种审美的生活，据说两人在北京居住时，林徽因常常于月夜点上一炷香，煮一壶清茶，着一袭白衣，在月下焚香品茗，宛如凌波仙子，她不无自恋地对梁思成说："只怕所有男人见了这个样子的我，都会要晕倒。"梁思成幽默地接上一句："我就没有晕倒。"

说是这么说，这样清幽绝俗的一幕却永远烙在了他的心底，直到她逝世多年，他仍然怀念着这种饶有情趣的婚姻生活。

她引领他走上了建筑的道路，并始终是他的事业同路人。他们曾相偕走过一百九十个县，考察了两千七百三十八处古建筑。他们的同事莫宗江说："林先生看上去那么弱不禁风的女子，但是爬梁上柱，凡是男子能上去的地方，她就准能上得去。"在一张年近三十的宋美龄，对于爱情和婚姻已经没有了太多浪漫的设想，而是倾向于务实理性。如果早几年，大龄军官蒋介石可能根本入不了她的法眼，可他出现的时机可以说是刚刚好。宋美龄对婚姻，是有着独到的期许的，她晚年时曾回忆说："回忆我若干年来的结婚生活，我极度的热心与爱国，也就是渴欲替国家做些事情。我的机会很好，我与丈夫合作就不难对国家有所贡献了。"

她清楚地知道，自己需要的，不仅仅是一个痴爱她的傻小子，而是一个值得她全力辅佐的人。蒋介石，在她看来正是最佳人选。

遇到宋美龄时，正是蒋介石人生中无比灰暗的一段时期。迫于多方势力的压力，他已经被迫交出了兵权，闲居在家。

那个时候，宋美龄的出现，宛如天际的一道霞光，照亮了失意军人蒋介石眼前的路。宋氏家族的财雄力厚自不必说，宋家小妹本人的魅力，也是他难以抵挡的。

在此之前，蒋介石已经有了结发原配毛福梅，生下两个儿子蒋经国和蒋纬国，还有姚冶诚、陈洁如两妾。陈洁如也曾是他心爱的女子，和他在一起时还只有十五岁，是个娇娇怯怯的女学生。

可这些女子和宋美龄一比，立刻宛如尘土。不得不说，家世和教育对一个人的加分太多了。宋美龄自幼上的就是中西女塾，后来又出国留学，受的是西式淑女的教育，一身的洋范儿。她的同学几乎把她当成正宗的美国人，按照宋美龄自己的话来说，就是："我唯一跟东方沾上边的就是我的面孔。"

可以说，蒋介石倾慕于她，不仅仅是因为她优雅的外表，更因为对于他来说，宋美龄代表的是一种新式的观念和生活，一个迥异于他之前的生活的崭新世界，新奇、洋派，举手投足间光芒四射，一举一动都折射出大洋彼岸那个金光闪闪的世界的倒影。

他对她展开热烈的追求。在追求她的一年多时间里，他的日记中常出现"美龄将回沪，心甚依依""今日思念美妹不已""终日想念梅林不止也"这样的字句，日记是一个人的心声，看得出他的一片真心。为了追到自己所爱慕的"美妹"，他又是深夜约访，又是展开情书攻势，并在《申报》上连续三天发布声明："各同志对于中正家事，多有来函质疑者，因未及启蒙复，特此奉告如下，民国十年，原配毛氏与中正正式离婚，其他两氏，本无婚约，现在与中正脱离关系。"

在交往了大半年后，他退居在家时向她发出了求婚信，表示如今已无意政治活动，"惟念生平倾慕之人"，对于美龄小妹的"才华容德，恋恋终不能忘"。

美龄小妹呢，确实也是慧眼识珠，一眼认定他就是自己要找的那个人，全然不顾亲友们的反对，"非得蒋某为夫，宁终身不嫁"。不管是出自对蒋介石的真心爱慕，还是对蒋政治前途的看好，都不得不让人佩服宋美龄的眼光。

有好事者猜测，宋美龄之所以嫁给蒋介石，得归功于大姐宋霭龄的撮合。事实却是，这完全出自于当事人的一意坚持，她曾笑着对秘书说："这桩婚姻自始至终都是我自己做主，与阿姐何干？

至于蒋介石和我结婚是为了走英美路线,那更是天大的笑话。"

两个都很有主见的人力排众议,终于走在了一起,于是就有了前文所说的世纪婚礼。

婚礼当日,蒋介石见到宋美龄"姗姗而出,如云霞飘落",感到"平生未有之爱情,于此一时间并现",幸福得不知"身置何处矣"。他当天在报纸上发表了《我们的今日》一文,称"余今日得与余最敬最爱之宋美龄女士结婚,实历余有生以来最光荣之一日,自亦为余有生以来最愉快之一日"。

蒋先为宋戴戒指,并宣读誓词说:"我蒋中正情愿遵从上帝的意旨,娶你宋美龄为妻。从今以后,无论安乐患难康健疾病,一切与你相共,我必尽心竭力爱敬你、保护你,终身不渝。上帝实临鉴之,这是我诚诚实实应许你的,如今特将此戒指授予你,以坚此盟。"

接着宋美龄宣读誓词说:"我宋美龄情愿遵守上帝的意旨,嫁你蒋中正,从你为夫。从今以后,无论安乐患难康健疾病,一切与你相共,我必尽心竭力爱敬你、保护你,终身不渝。上帝实临鉴之。这是诚诚实实应许你的。如今特将此戒指授予你,以坚此盟。"

他们都坚守了自己的承诺。

安乐时,他们共享荣光。

婚后,蒋介石不负所望,东山再起,重新掌握了军权,从此成了权倾天下的"蒋委员长",宋美龄也随之成了国母。后面的近半个世纪,他们曾十一度登上美国《时代周刊》的封面。只要他还在位,她就稳居在"第一夫人"的位置上,比她只做了两年国母的二姐宋庆龄,多享受了不少风光。

结婚四十六年,她周旋于中美之间,一直是他最称职的绿叶和不挂名的外交部长,她独特的"旗袍外交"成了外交史上一道难以复制的风景。为了争取到更多的军事物资援助,1943年2月18日,宋美龄穿着一袭得体的黑色旗袍在美国国会发表演讲,"我可以向各位保证,中国渴望并且乐于与贵国以及其他各国合作,奠定永久稳固的基础,建立进步理性的国际社会,让自视优越、穷兵黩武的邻国,无法肆意杀害我们的后代子孙……"先后七次公开演讲,为中方寻得了丰厚的军事援助。

艰难时,他们共渡难关。

两人结合之后,无论发生什么国内外大事,无论蒋介石的境遇如何糟糕,宋美龄都坚定地站在丈夫身边,给他以信任和支持。战争期间,蒋介石经常遭受质疑,深感"困苦忧患",唯一能让他感到一点安慰的,"即为余妻对余之信仰与笃爱"。

西安事变后,蒋介石沦为阶下囚,宋美龄冒着生死风险来到西安,随身带着一个食盒,里面装着的,正是蒋介石最爱吃的梅干菜。蒋介石一看到款款走来的宋美龄,眼泪一下子就流出来了,问她:"你怎么来了,如入虎穴矣。"她走过来,冷静地安慰他:"宁抗日,勿死敌手。""七七事变"后,国共两党宣布联手抗日,蒋介石也安然脱险。这样同生共死的情分,足以让他铭记一辈子,他又如何会放弃她?

歌德说："永恒的女性，引领我们上升。"回顾蒋宋婚姻，宋美龄扮演的，恰恰是这么一个"引领者"的角色。

宋美龄以风度闻名，身边人评价她："宋美龄有较高的文化教养。她头后梳一个小髻，旗袍贴身，大衣适体，穿高跟鞋，在甬道上都是轻步走过，我每次碰见她，她总是面带微笑，平易近人，每每不觉得她突然出现，不觉得有骄矜盛气，和她谈话不觉得拘谨。她言谈委婉适度，声音从不放重。她和别人谈话，总是只让对方可以听清楚就是，从不大声，颐指气使。"

而蒋介石呢，原本有其粗豪的一面，动不动就把"娘希匹"三个字挂在嘴边，身边侍从都生怕触怒了他。但这位坏脾气的委员长，唯独对夫人的话言听计从。宋美龄经常规劝他："像你这样的身份，还能随便发火骂人打人吗？"一次，在蒋介石打竺培基时，宋美龄进来，对竺说："你为什么这样呆，还不快走！"从此以后，竺见蒋发怒要打，拔腿就逃，并顺手把门带上，蒋也就罢了。

对于夫人的劝诫，蒋介石深感"三妹爱余之切""待我之笃"，可谓"无微不至"，对于自己"不能以智慧、德业自勉"，感到"诚愧为丈夫矣！"……

宋美龄一生酷爱穿旗袍，年过百岁后出现在大众面前时，仍然是一袭端庄的旗袍，梳着发髻，两弯柳叶眉，一点朱唇红。这样的打扮，难免会让人产生她是中式传统闺秀的错觉。事实上，宋美龄骨子里有洋化的一面，她虽然事事以夫君为先，终生以呵护夫君为己任，但期盼的仍然是相敬如宾、齐头并进，并不甘心只做夫君背后的附庸。

正因如此,蒋介石对她的感情在爱之外又多了一份敬,他在之前那些妻妾面前都有一种高高在上的优越感,唯独对宋美龄又敬又爱,因为他知道,她和他是平等的。

相守四十六年,她成功赢得了他的尊重、忠贞,甚至宠溺。

至今民间仍流传着许多关于他们的传说,据说战争年代物资紧张,他为了讨她欢心,动用专机为她运来牛奶,只为了供她每日用牛奶洗澡。每个去庐山旅行的游客,都会去探访他们居住过的别墅"美庐",他用她的名字为别墅命名,一如秦始皇当年用宠爱的女子阿房来为皇宫命名。

他对她保持了一种终身的倾慕,尊重她的生活方式,亲昵地称她为"达令",以至于受她的影响,成了一名基督教徒。基督教信奉的是一夫一妻、平等互爱。婚后曾有过他出轨的传闻,他忙郑重地澄清说,自己信奉基督教,对自己有很高的道德标准,他和妻子的感情绝对纯洁,他们的关系没有任何污点。宋美龄也义正词严地表示,她相信他的人格。

他和她没有孩子,从后世公布的蒋介石日记中来看,宋美龄曾经怀孕过,不幸小产了。西安事变时他担心自己出事,再也照顾不了她,于是在给两个儿子的遗书中叮嘱:"我一生唯有宋女士为我唯一之妻,如你们自认为我之子,即宋女士亦即为两儿之唯一之母,我死后无论何时皆须以你母亲宋女士之命是从,以慰吾灵。"

而她回报他的,则是深入险境,亲自营救。

"你若不离不弃,我必生死相依。"他们的感情,当得起这十二个字。

蒋宋的身份和背景,难免让人将之揣测为一桩政治婚姻,其实哪怕就是普通夫妻,何尝不会考虑对方的家世、门第?一个人爱上另一个人,必然是爱他的全部,无法把其中一部分剥离开来。

关于他们的关系,二姐宋庆龄评价得很中肯,她说:"他们的婚姻,一开始并无爱情可言,不过我想他们现在已经有了爱情。美龄真心诚意地爱他,蒋也真心诚意地爱她。如果没有宋美龄,蒋会变得更糟糕。"

这对并不被看好的夫妇,感情随着年龄愈长而愈加深厚,见过他们晚年的大量合影,有在树下并肩而坐的,有在山间携手漫步的,有两人轻松对弈的,也有微笑含饴弄孙的,还有宋美龄在画国画而蒋介石站在一旁欣赏的,这些照片都生动地展现了他们晚年和谐相依的生活。

他们从未共同生育过一个孩子,可在四十六年里,他们相互扶持,共同成长。如果把婚姻比作一局棋,唯有势均力敌的人才能下出最精彩的棋来,这场婚姻对弈里没有输家。

张爱玲和桑弧

我曾经毫无指望地爱过你

"雨声潺潺,像住在溪边。宁愿天天下雨,以为你是因为下雨不来。"

很难想象,这么缠绵悱恻的情话,竟然出自性格清冷的张爱玲笔下。她日日相思的人,也不是众所周知的胡兰成,而是鲜为人知的桑弧。爱一个人到了极致就是如此吧,只有体谅,没有怨怼,连苦等不来的借口,也替对方想好了。

这位小资们的祖师奶奶,以心高气傲闻名,有张广为流传的照片,她一袭绿色旗袍,头高高昂起,眼神中满是睥睨众生的派头,仿佛俗世男子,没一个入得了她的法眼。

如此高傲的女子,很难对谁动心,一旦动了心,就会变得很低很低,低到尘埃里去了。旁人见了替她不值,她自己倒不觉得,反而满心欢喜,在尘埃里也会开出花来。

之前,对胡兰成是如此;之后,对桑弧更是如此。

桑弧是谁？

民国时期的一位导演，和张爱玲曾经合作过电影《不了情》《太太万岁》等。从他出现在张爱玲的生命中后，一直有好事者以猜测他们二人的关系为乐。认识他们的人有否认的，也有肯定的，倒是当事人双方，不约而同地保持着沉默。直到很多年以后，才从张爱玲的自传体小说《小团圆》中得到坐实，那个英俊寡言的男二燕山，不就是桑弧吗？

张爱玲和桑弧，果然有过一段情。

他们相遇的时机，是对，也是不对。说对，是因为张爱玲刚刚失恋，恰好需要一段新的恋情来抚慰伤痛；说不对，是因为她在上一段恋情中受伤太深，以至于草木皆兵，对男人失去了信心。

胡兰成伤她，实在是伤得太狠了。

这个曾经将她捧为民国文学女神的男子，后来一度视她如敝履。此人生平信奉的是"能发生的关系一定要发生"，和张爱玲在一起后，很快就有了新欢护士小周。逃亡温州时，又去勾搭朋友家的寡婶范秀美。

胡兰成这样勾三搭四，还指望张爱玲完全不吃醋，来成全他的三美团圆的美梦。他许诺她的岁月静好、现世安稳，早已飘散在流离乱世中。

胡兰成最令人痛恨的是不知羞耻，和小周相好后，他罔顾张爱玲的感受，在旧爱面前，喜孜孜地谈起新欢的百般好处。连衣服洗得干净，也成了小周的无上优点。

可怜一代才女，在意中人的心目中居然沦落到要和其他女子去比拼谁的衣服洗得比较干净的份上。

他这样轻贱她，只不过是仗着她爱他。这轻薄的男人，料定面前的女子一片痴心，任她如何也无法跳出他的五指山。

她被这段孽缘折磨得生不如死，千里迢迢跑去找他，却被他嫌弃坏了他和新欢的好事。她无数次想和他一刀两断，却终究还是舍不得。正如她后来所写的，"那痛苦像火车一样轰隆轰隆一天到晚开着，日夜之间没有一点空隙，一醒来它就在枕边，是只手表，走了一夜。"

那阵子她吃不下东西，睡不着觉，靠着大听西柚汁勉强维生，因为营养不良，例假断了几个月没来。一天走在街上，她看见橱窗里走来一个苍老的瘦女人，恍惚半天才惊觉那原来就是自己。

就是在这种情况下，她遇到了桑弧。

这是一场注定无望的爱恋。

前面说过，张爱玲是个十分清冷高傲的人。联系到她的成长环境，这种高傲与其说是恃才傲物，倒不如说是刻意自保。她自幼缺爱，从小就特别渴望得到母亲毫无保留的爱。父母离异后，她和父亲闹翻，被幽禁了大半年，病得半死后剩了一条命，义无反顾地投奔了母亲。

母亲请人教她学钢琴，带她出去应酬，想把她培养成娴雅的英式贵族少女。毫无疑问，她让母亲失望了，而且她敏感地察觉到了母亲的这种失望。

母亲之后是胡兰成，让她希望得到无保留之爱的渴求再次落空。痛定思痛，她就像《东邪西毒》中的欧阳锋一样，终于领略到了"如果你不想被人拒绝，那么最好的方式就是先拒绝别人"。

从那以后，张爱玲再也不渴望爱，至少表面如此。她和所有亲友都保持着一定的距离，包括和她相守多年的姑姑。她的疏离，她的冷漠，她的高傲，都是她自我保护的盔甲。

所以，出现在桑弧面前的张爱玲，从一开始就对这段感情没抱任何期待，可以说，她对桑弧之所以不抱希望，正是为了避免失望。

这个时候的张爱玲，还只有二十六岁，一颗心却已经千疮百孔。因为这段胡张之恋让她从云端上的世家才女，一下子沦为汉奸妻子，而且是始乱终弃的那种。汉奸弃妇，人人可戏，有不良之徒在车上趁机想占她的便宜，自视甚高如张爱玲，一定感觉到满心都是耻辱。

身处泥泞中的人，一定渴望着有一双温暖的手能够拽她出泥潭。桑弧的出现，恰到好处地抚慰了张爱玲内心的伤痛。

初相遇时，她刚从一场伤筋动骨的感情中解脱出来，尚未恢复元气，满脸都是"我很疲惫，我不想爱"的神色；他则涉世未深，完全没有胡兰成那种智识和年龄上的优越感，对这个传说中的才女心有敬畏。

命运是吊诡的，原本看上去完全不可能的两个人，居然无意中有了交集。

有电影公司有意想改编她的小说,而桑弧正好是导演。第一次见面是在剧院后台,他从台阶上走下来,一脸的严肃,额前有个很好看的美人尖,她惊诧于他的容颜,后来借由她姑姑的口写出了桑弧的漂亮。她其实是有些颜控的,喜欢长得清俊的男人,胡兰成如此,桑弧也是如此。

第二次是桑弧随朋友龚之方一同去她的公寓,他走过来,含笑坐在她身边,也许是因为紧张,看在她眼里,动作太大了些,带点夸张,身上穿着一件浅色爱尔兰花格子呢上衣,像是没穿惯这一类衣服,稚嫩得令人诧异。

这是一个和胡兰成截然不同的男人,他的各个方面,几乎就是胡兰成的反义词。胡兰成口若悬河,桑却闷声不响;胡兰成收放自如,桑却严肃拘谨;胡兰成信誓旦旦,桑弧却从不许诺。女人总是在对一类男人失望后,转而爱上另一类男人,张爱玲也是如此。

她写剧本,他拍电影,第一次合作的电影叫《不了情》,老实说,这部电影并没有多出彩,但市场反响很好,奠定了桑弧在上海影坛的声名。于是接下来合作,拍出了《太太万岁》。

这部电影讲的便是俗世烟火中的喧闹和寂静。不曲折,不离奇,迥异于张爱玲之前的"传奇"风格。张爱玲在《太太万岁题记》里说,"《太太万岁》里的太太没有一个曲折离奇、可歌可泣的身世。她的事迹平淡得像木头的心里涟漪的花纹。"

电影上映期间,有关张爱玲和桑弧的绯闻传了开来。他们共同的友人龚之方出来撇清说,根本没有这么一回事。龚之方表示,受一干朋友委托,他曾经想撮合他们,并亲自上门去游说。朋友们觉得"张爱玲的心里还凝结着与胡兰成这段恋情,没有散失;桑弧则性格内向,拘谨得很,和张爱玲只谈公事,绝不会斗胆提及什么私事来的",所以必须有古道热肠的人出来说合。张爱玲听了他的提议,反应却是摇头,再摇头,三摇头,意思让他不要再说下去了。

龚之方毕竟不是个心细如发的人,只看到了张爱玲表面上的拒绝,难以领会她在摇头、摇头、再摇头之下曲折难言的心事——她不是不爱他,她只是不忍心让他为难。

她到底是如何爱上他的?这是一个谜。《小团圆》中,她给出了自己的答案:她对他是初恋的心情,从前错过了的,等到了手已经情况全非,更觉得凄迷留恋,恨不得永远逗留在这阶段。

她理想中的初恋应该是淡淡的、涩涩的,像青柠檬水,喝在胃里紧紧的,喝过就算了。对方应该是个男孩子,比她略大几岁,但看上去比她年轻,就像他一样。

请注意这五个字,"喝过就算了"。聪明剔透如张爱玲,一定知道几乎所有的初恋都会无疾而终,她这次要的只是一种体验、一份温情,再也不奢望所谓的现世安稳了。

他们相处的片段,只能通过《小团圆》来一一还原。

他拥着她坐着,喃喃地说,你像只猫,这只猫很大。说张爱玲像只大猫的,只此一人。

你的头发是红的,他说。是斜阳照在她头发上。

热恋的时候他把头枕在她腿上,她抚摸着他的脸,不知道怎么悲从中来,觉得"掬水月在手",有什么东西已经在指缝间流掉了。

有时候晚上出去,他送她回来,不愿意进去,给她三姑看着,觉着他三更半夜还来。两个人就坐在楼梯上,像十几岁的人,无处可去。她无可奈何地嗤笑:我们应当叫两小。桑弧笑道:嗳,两小无猜。我们可以刻个图章两小。

他们之间,的确不像胡张之恋那样热烈,动辄就"欲仙欲死",而是类似昵昵小儿女,有一种两小无猜的单纯和澄澈。

"两小"在一起时最爱说起的就是童年琐事,桑弧自幼失怙,给她讲小时候爸爸抱着他坐在黄包车上,风大,爸爸拉过他的围巾捂好他的嘴,一路说嘴闭紧了,嘴闭紧了的事。张爱玲则告诉他她和母亲的事。她自嘲"让人听着觉得我这人太没良心"。他却说:当然我认为你是对的。

两个自幼缺爱的人,对于彼此都有一种心照不宣的怜惜。一度他参与的三部电影同时上映,占了六家戏院,他的宣传者在报头写:请看今日之上海,竟为××之天下。说起来是风云一时,却独有她说:你一得意便又惨又幼稚,永远是那十三岁孤儿。

张爱玲和胡兰成在一起时,一开始就昭告天下。这次却很小心,始终维持在地下情的状态。和她同住的姑姑对这段感情很不看好,因为觉得她喜欢他远远比不上对胡兰成,还替她抱不平:我就是气不过,为什么要鬼鬼祟祟。

除了至亲，没有人知道桑弧的存在，连胡兰成也不知道。有次胡兰成经过上海时来看她，走之后她对桑弧说："这次和以前不同了，连手都没握过。"

"一根汗毛都不能让他碰。"他突然说，声音很大。

她一面忍着笑，也觉得感动。

就在此次，她和胡兰成彻底了断了。如果没有桑弧的话，她可能做不到如此决绝。

但胡兰成留下的阴影始终笼罩着她，以至于她也许觉得，自己配不上一场光明正大的恋爱。她在桑弧面前，始终是有些怯意的。他这么年轻，这么好看，又没有所谓的"黑历史"，难免会让她有些自惭形秽。

《小团圆》中写道，有次她和他出去看电影，出来时，她感到他的脸色变得难看了，她照照粉盒里的镜子，发现是自己脸上出了油，马上自惭"年老色衰"。

还有一次，她疑心自己怀孕了，做过检查才发现，原来是子宫颈折断了，她很懊恼让他知晓了这些，显得她以前受过多少凌虐似的。

如此纠缠了几年后，她对他说：没人会像我这样喜欢你的。

他说：我知道。

她又说：我不过是因为你的脸。

我总觉得，前面那句是真心的，后面这句更像找补，她真是很喜欢他的，喜欢到不敢开口提任何要求，生怕一提就会把他推得更远。却忍不住在心里设想与他一道生活的情景,要另外有个小房子,除了他之外,不告诉任何人,她白天像上班一样去那里,晚上回去。

她知道,这终究是一种奢望,所以连这样的念头都不敢透露。她有次停经了两个月,只好告诉他,他强笑低声说:"那也没什么,就宣布……"

后来查出没有怀孕,她自以为在他没有表情的脸上看到了他幸免的喜悦。

张爱玲这样的女人,活得太敏感太清醒也太骄傲了。她要的感情,从来都是百分之百,不要一丝一毫的勉强。

桑弧在张爱玲面前,又何尝没有一份怯意。他欣赏她的才华,在乎她的感受,生怕自己唐突了她,会因为她写的小说被改编上映后,她露出不快,而急切忘形地追问:没怎么糟蹋你的东西呀。

她写作《十八春》时,他给她取了一个笔名叫"梁京",写了书评大张旗鼓地推荐,说她的文字变得淡多了。

于他来说,她是云端之上的才女,并不敢设想她有天会落下凡尘,成为他平凡的妻子。

他的兄长知道他们的事后,执意反对,理由是,她是个作家,写作不是什么正经职业。当然,兄长也听说了些她和胡兰成的往事。

素来乖顺的他,这次自然也不会违背兄长的意愿。

明明知道不会在一起了,却还是小心翼翼地厮守着,直到最后的结局来临。一次他来探她,她假装不经意地问他:预备什么时候结婚?

他笑了起来:已经结婚了。

立刻像是有条河隔在他们中间汤汤流着。

他那脸色也有点变了,他也听见了那河水声。

就算结局早已写好,当呈现在面前时,她的心里一定是猝不及防的刺痛吧。

她设想的和他有关的未来终于落了空,但桑弧多少比胡兰成重情义,怕她看了小报上的八卦受刺激,特意托人嘱咐以后不登他们的私生活。

这之后,张爱玲孤身一人去了香港,再辗转至美国,以抛亲绝友的孤绝,换来了后半生与世隔绝的清净。

桑弧呢,则继续留在上海,成了电影界的知名人物。对于和张爱玲的这段往事,他绝口不提,比起胡兰成的大肆卖弄,会让人觉得,还是这个沉默似金的男人更配得上张爱玲的深情。

很多年以后,老去了的张爱玲把半生往事都写进《小团圆》里,对连同自己在内的每个人都剥皮拆骨,剖析起来穷形尽相。唯独对桑弧手下留情,提到他时,甚至有文艺片的美感,他年少翩翩,他温情脉脉。写到他对自己的"不够爱"时,也婉转地写成了"不得已"。

她说:"燕山(桑弧)的事她从来没懊悔过,因为那时幸亏有他。"

幸亏有他,给了她实实在在的温暖,为她半生冷清的回忆增添了一抹暖色。

至于她曾经那样默默无语、毫无指望地深爱过他,恐怕连他也不知道。

于凤至和张学良

付出半生的等待,换来的只是感动

不少爱情圣经告诉我们,你只要足够优秀,自然会有男人爱你。套用一句流行的话来说:你若盛开,清风徐来。

果真如此吗?

看看于凤至的故事,就会发现世事从来都不会如此绝对。于凤至人如其名,典型的人中之凤,集美貌、才情、胆识于一身,凭借自己卓越的经商能力,在美国赤手空拳打出一片天。这样的女人,从哪个角度来看都几近完美,她赢得了全世界的赞誉,却唯独输掉了一个人的心。

为了维护自己的爱情和婚姻,她可以说是拼尽了全身的力气,最终却还是差了一点点运气。她带着三个孩子在异国他乡,等了他大半辈子,生不能同衾,但求死能同穴,最后等来的,却只是他满怀内疚的一句话:生平无憾事,唯负此一人。

负了她的那个人,是举世闻名的张学良。

长久以来，谈到张学良，人们津津乐道的都是他和赵四小姐的传奇爱情，鲜少提及他的原配夫人于凤至。直到电视剧《少帅》的热播，于凤至才慢慢进入了大众的视野。

于凤至是商人之女，她父亲曾经救过张作霖的命。张作霖想报答恩人，又听一个算命先生说，于凤至福泽深厚，是凤命，于是马上替儿子订了这门亲。

关于这门亲事，于凤至在回忆录里说，起初于家是不同意的，认为当官的都三妻四妾，怕委屈了这个女儿，说女儿的婚姻要她自己同意才行。张作霖闻讯，提议让张学良去郑家屯住，看两个人相不相处得来。"汉卿处处依着我，听我的话，使我很满意。"于凤至回忆说，当他拉住她的手，说他永远听从她的话，决不变心时，她这才点了头。

这样看来，张学良对这门亲事并不抗拒，毕竟于凤至各方面条件都出众。首先是长得好，爱新觉罗·溥杰曾称赞她，容貌美如雨后清荷；其次是家世好，于家当时是当地有名的商贾，和张家称得上门当户对；最后是教养好，五岁就入私塾，从小跟着母亲学管家，真正的出得厅堂、入得厨房。

凤命虎子，哪方面都堪称相配。十八岁的于凤至风风光光地嫁给了十五岁的张学良。她比他大三岁，从一进门，他就叫她"大姐"。这一声"大姐"，奠定了他们相处的基本模式：在她面前，他永远像个长不大的孩子，而她对他，永远是无条件地纵容和宠溺，就像大姐对小弟那样。

于凤至是典型的贤妻良母,一嫁给张学良就开始管家。全家上上下下都很服她,连张作霖都高看这个儿媳妇一眼。平时他耍大帅威风时,无人敢忤逆,可只有于凤至敢上前劝他,奇怪的是,也只有她劝得住。

对这个妻子,张学良也不是不满意的。她一身旧式闺秀的才情,能和他共同赏玩徐渭、石涛的书画,能在他带兵打仗时寄来缠绵的小词:"恶卧娇儿啼更漏,清秋冷月白如昼。泪双流,人穷瘦,北望天涯揾红袖。鸳枕上风波骤,漫天惊怕怎受。祈告苍天护佑,征人应如旧。"她又有新式女子的风范,熟谙一切时髦的新玩意儿,会在高尔夫球场和他一起挥杆,也会穿着时尚的貂皮大衣和他牵着手走在东北的街头。

这个看似柔弱的女子,骨子里实则十分坚韧,在他们的婚姻生活中,她其实一直是他的主心骨。张作霖在东北遇刺后,是她秘不发丧,等着张学良回来,帮助他顺利接掌兵权。当张学良六神无主地对着她痛哭时,她握着他的手说:"汉卿,千万克制,别倒下!"

他们的婚姻,并不像后世很多人想象的那样,只有冷漠,没有温情。张学良为人虽然风流,却还算有分寸,哪怕外面彩旗飘飘,也没有想过要停妻再娶。可以说,去台湾前,认定她是他唯一的妻子,其他的女子,再怎么浓情蜜意也越不过她的位置。

于凤至生第四个孩子时,大出血生命垂危,家里人担心万一出了意外,三个年幼的孩子无人照顾,提出让她的侄女嫁给张学良。

张学良却坚定地说:"我现在娶别的女人过门不是催她早死吗?那叫她多难过呀。即使她真的不行了,也要她同意我才能答应。"

所幸于凤至挺了过来,得知张学良的话后,她十分感动,从那以后,待他就更纵容了。后来她在《我和汉卿的一生》里描述这段时光:"婚后生活美满,孩子们陆续诞生,我们两人充满了幸福,这是我一生最幸福、美好的时光。"

于凤至其人,总让我想到薛宝钗,她和宝钗一样,面面俱到,滴水不漏,善于经营。她的婚姻也和宝钗的类似,张学良尊敬她、看重她,把她当成结发妻子、知心大姐,对她有着不离不弃的义气和相濡以沫的亲情,却始终缺乏了一份相知相惜的爱情。这样的婚姻,正如曹雪芹给宝钗一生所下的判词,"纵然是举案齐眉,到底意难平"。

爱情,他给了婚姻之外的女子,起初是形形色色的莺莺燕燕,后来则集中于赵四一人身上。

"赵四风流朱五狂,翩翩胡蝶正当行。"

赵四小姐的名头,在当时就十分响亮。相传她十四岁就开始驰骋舞场,引无数风流子弟竞折腰。十五岁认识了张学良,十六岁公然和父母闹翻,兴师动众地私奔到了少帅府。

少帅府中,这个十六岁的女孩跪倒在了于凤至面前,说她不要名分,只求留在少帅身边。

周围人齐声反对,于凤至却设身处地替女孩着想,怕她下不了台,只好答应接纳赵四,但是提了三个条件:一、孩子不能姓张;

二、不能进帅府；三、不能给名分。

赵四便以秘书的身份留在了张学良身边，谁也没想到，这一留就是几十年。即使在她替他生了一个孩子后，张学良也从未想到过离婚，于凤至才是他心目中的正室嫡妻。

这种旧式婚姻，在现代女性看来自然是相当不幸福的。现代女子眼睛里是容不下一粒沙子的，卧榻之旁，岂能容他人酣眠。可考虑到当时的时代背景，花花大少张学良能坚决不让其他的女人进门，说明他心里还是敬重于凤至的。

有了这份尊敬，他们原本可以相安无事，乃至白头偕老，如果没有意外，她至死都是他唯一的妻子。

然而，人生充满了意外，一场西安事变，改变了国家命运的走向，也改写了于凤至和张学良、赵四三个人的后半生。

西安事变后，张学良被软禁，于凤至陪着他一路流离迁徙。那时，张学良时刻都有性命之忧，蒋介石数次对他动了杀心，是于凤至冷静地与之谈判，威胁说如果张被杀的话，将会把当年东北奉蒋之命不抵抗的真相公之于众，让张学良免于一死。

由于张学良的部下杀了蒋孝先，蒋孝先的妻子袁静芝两次欲刺杀他，是于凤至挡在她的面前，凛然呵斥："我是汉卿的妻子，如果你一定要认定汉卿是你的杀夫仇人，那就让我代他一死。"

这是一个怎样的女人啊，有勇有谋，有胆有识，为了保护丈夫，她连自己的命都可以不要。

可惜的是，一个人再强大，也无法对抗命运。命运就是在这个时候，对于凤至露出了狰狞的一面。长期愁苦的生活，让她染上了乳腺癌，此时疾病有了恶化的迹象，当时国内医疗水平低下，她不得不赴美治疗。照顾张学良的任务，就落在了赵四身上。

谁知这一走就是五十年，她再也没有见过她的汉卿一面。

一架飞机把张学良和赵四送到了台湾，纷飞战火，反而成就了他们的"倾城之恋"。

大洋彼岸的于凤至，始终在苦苦等待，等待着尘埃落定，等待着身体复原，等待着能和张学良早日重逢。

五十年的岁月，她当然不是白白在等待，而是费尽一切心力，为让张学良重归自由而努力。

命运待她实在是过于残酷了。

她首先失去了完整美丽的身材。为了保持身材，一开始，她采取的是保守疗法，希望有一天能以完整的身体去面对久别重逢的爱人。后来癌细胞不幸转移，连肯尼迪夫人都亲自出面劝她放弃乳房，她不得不听从劝告，接受了乳房切除手术。

她还失去了心爱的三个孩子。她生的四个孩子中，小儿子最早因病夭折。之后是二战时期，她的第二个儿子在炮火中精神失常，后来在去找爸爸的路途中，死于台湾的精神病院。她最疼爱的大儿子，在一次飙车中，不幸撞成了植物人，不久也离她而去了。

她失去的还有曾经显赫的地位和优裕的生活，在美国治完病后，她差点身无分文，而张学良那时正被幽禁，根本无人可以求助。

如果是一个脆弱的女子，面对这样接二连三的打击，可能早就丧失斗志了。可她是于凤至啊，一个有着凤命的女子，怎么会甘心向命运臣服？

大病之后，她想起父亲曾经说过的话："我女儿经商，肯定是大商人！"

她毅然带着仅剩的积蓄，闯进了华尔街，开始学着炒股，后来又转身投资地产。难以想象，就是这样一个无所依傍的女子，居然在美国赤手空拳打出了一片天。她在美国买了两处豪华别墅，一处是著名影星英格丽·褒曼生前住过的林泉别墅，另一处是伊丽莎白·泰勒的旧居，两处别墅相邻。

她果然是个有着凤命的女子，历经艰险，像凤凰一样，浴火重生了。

她这样苦心经营，并不仅仅是为了自己和儿女，更是为了张学良，她希望他有朝一日恢复自由之身，可以重新过着像以前一样富裕体面的日子。

想不到的是，她没有等到那一天，反而等到了一纸离婚书。

张学良幽居台湾期间，在宋美龄的引导下，信了基督教。宋美龄便以基督教只容一夫一妻为由，提出让张学良离婚。

张学良很为难，在电话中和于凤至说起此事，他说："我们永远是我们，这事由你决定如何应付，我还是每天唱《四郎探母》。"

想起这个曾经意气风发、不可一世的男人，如今只能困守一隅，每天唱着"我好比笼中鸟有翅难伸"，她强忍着心痛，在离婚协议书上签了自己的名字。

尽管如此,她一生都以张学良的妻子自居。在回忆录中她说:为了保护汉卿的安全,我给这个独裁者签字,但我也要向世人说明,我不承认强加给我的、非法的所谓离婚、结婚。汉卿的话"我们永远是我们",够了,我们两人不承认它。宋美龄每年都和我互寄圣诞、新年贺卡。这年,她信封上写"张夫人收"。

对赵四,她是有所怨怼的,指责说:"赵四不顾当年的誓言,说永远感激我对她的恩德,说一辈子做汉卿的秘书,决不要任何名分等,今天如此,我不怪她。但是,她明知这是堵塞了汉卿可以得到自由的路,这是无可原谅的。"

但最后,她还是选择了宽容。她把毕生积蓄购来的两套别墅都按当年北京顺城王府家里的居住式样装饰起来,自己住一处,另一处准备留给张学良和赵四。她对孙辈们说:我将所有的钱都用在买房子上,就是希望将来你们的祖父一旦有自由的时候,这别墅就可以作为他和赵绮霞两人共度晚年的地方。

她等他等到九十三岁,去世后,墓碑上的名字仍然是凤至·张。她一直以为,她仍是他唯一认可的正式妻子,所以她把自己旁边的墓穴留给他,期望着死后能够同穴。

她大半生的等待,终于还是落了空。张学良来拜祭过她,但身边还带着赵四,他抚摸着她坟上的石碑,怆然感叹:生平无憾事,唯负此一人。

赵四去世后,也在夏威夷神殿谷墓园自己的墓旁留了个空穴,张学良最终选择了死后在她身旁长眠。那些如同笼中鸟一般的岁月，毕竟是赵四陪伴在他身边，给予了他最实在的安慰和关怀。他曾经说，有两个女人对他恩同再造，一是宋美龄，一是赵四。那个时候，他已经不再拿赵四当侍妾，而是作为妻子看待了。

至于发妻于凤至，他何尝不知道她待他的一片深情呢？他本是个重感情的人，也曾为她的付出感动过，但再深的感动，毕竟不是爱。如果于凤至和赵四必须辜负一个的话，他只能负了于凤至了。这一生，他把陪伴和深情给了赵四，留给于凤至的，只剩下感激和内疚。

于凤至对张学良从无怨言，晚年评价他都是这么说的："汉卿这人好啊，很热情厚道，极富正义感，一生从不负人。我们夫妻感情一直是很好的。"

如果她真是这么想的，只能说她骨子里仍然是个相当旧式的女子，奉行的仍然是那个时代的价值观，不管男人多么花心，只要他顾念着这个家，就仍把他当成最好的归宿。她本来已经足够独立，足够强大，结果却把一生的快乐、一生的荣辱都错系于一个人身上。人们总是为张学良的最爱到底是赵四还是于凤至争论不休，实际上，有没有张学良，或者张学良爱不爱她，于凤至的人生都已经足够精彩。只是受了时代的影响，她给自己套上了桎梏。所以姑娘们啊，优秀可以努力，爱情则需要奇迹，有了固然好，没有也无须执意追求。如果你是一朵花，总得拼尽全力去盛开，清风来不来，真的没关系。

萧红和萧军

> 爱有多炽烈,就有多伤人

1932年夏天,被困在哈尔滨东兴顺旅馆里的萧红万分焦灼。

此时,距她和父亲闹翻、离家出走已经过去了一年多,她从来没想到,自己的境况竟然会落到如此地步。

同居多时的未婚夫汪恩甲借口回家去拿钱,已一去不复返。她苦苦守在旅馆里,忍受着老板的催债、伙计的怠慢以及旅客们鄙夷的目光。那时的她,蓬头垢面,衣着破旧,欠着旅馆四百元的债务,最糟糕的是,肚子里还怀着汪恩甲的孩子。

她苦苦等候他的归来,终于在一天领悟到:汪恩甲是不会回来的了。他本是父亲为她选择的未来夫婿,她却嫌弃他一身纨绔气习,于是和表哥私奔,直到山穷水尽才回过头来投奔他。汪恩甲接纳了她,却遭到了汪家人的强烈反对。两人在旅馆里住了半年,弹尽粮绝,他只得回家去求助。后来据说汪并不是负情的人,他是在回家的路上被日军给害了。

一个多月过去了，汪恩甲始终不再出现，旅馆已停止给她开饭，她只能用身上仅有的一点点钱去街上买面包，趁茶房不注意时，迅速将面包藏在身上。老板威胁她，如果还不了债，就把她卖去做妓女，用来抵债。

她不是轻易屈服的人，想来想去，决定自救。

自救的方法是向报馆求助，她写了一封信给哈尔滨《国际协报》，信中说："我就要被卖掉了，谁来救我？我曾经有过少女的梦想，美丽的青春，可如今这一切都毁灭了……也许人生除了冰冷和憎恶而外，还应该有温暖和爱。我还年轻，还有憧憬和追求，还要生活，要奋斗，请你们伸出手来。"

不得不佩服萧红的才气，一封向人求助的信，居然写得如此文采斐然，"也许人生除了冰冷和憎恶而外，还应该有温暖和爱"，这样的句子，肯定会打动人的。

读信的人中有个笔名叫三郎的，素来是个侠肝义胆的，看了这封信，仿佛亲耳听见了一个弱女子的求救声。他再也坐不住了，决定去探望下她。

那个改变二萧命运的黄昏降临了。

东北的夏日黄昏，天际常常有绚烂至极的火烧云，浴着一身霞光走进阴暗旅馆的三郎，威武得宛如天神。

在萧军看来，眼前的这个女人因为极度的营养不良，和他想象的一样苍白瘦弱，却远比他想象的富有生机。听说了他的名字，萧红难抑兴奋："你就是三郎先生吧，我刚刚正在读你的文章呢。"边说边指着床边的一张旧报纸给他看,上面正是他连载的小说《孤雏》。

话题就从这篇小说开始,他惊讶地发现,再困顿的环境也没有消磨掉这个女人的生命力。他一次次想告辞,她却一次次挽留他再坐下来谈谈。

他发现她并不是通常意义上的弱女子,她的经历和见解都让他惊讶,竟让他"感觉到世界在变了,季节在变了……出现在我面前的是我认识过的女性中最美丽的人……在我面前的只剩下一颗晶明的、美丽的、可爱的、闪光的灵魂!……我马上暗暗决定和向自己宣了誓:我必须不惜一切牺牲和代价——拯救她!拯救这颗美丽的灵魂!"

作家闫红有本写张爱玲的传记叫《你因灵魂被爱》,萧红也属于那种因灵魂被爱的女子。她长得并不漂亮,还怀着身孕,却很容易让男人产生怜惜她、想保护她的冲动。

临走前,他指着桌子上用一片纸盖着的那半碗高粱米饭问她:"这就是您的饭食吗?"她漠然地点了点头,一股森凉的酸楚与要流出来的泪水冲到他的眼睛里来了,他将口袋中仅有的五毛钱放在桌上,对她说:"留着买点什么吃吧。"那是他原本打算用来搭车回去的钱。

两人的手握在了一起,随即是令人窒息的拥吻。

爱情来得如此猝不及防,在她快要绝望的时候,居然又遇见了他。

分别后,他由于没了车费,是走路回家的,走在哈尔滨的夏夜里,他满心想的都是如何去"拯救那颗美丽的灵魂"。

英雄救美的传奇就此拉开序幕。

自此后,他频频去探望她,他们陷入了生平未有的热恋。尽管以前双方都有过感情经历,但没有任何一次能与这次相比。

萧红仍然守在那间阴暗潮湿得快要发霉的小屋里,等待着她的三郎。从她祖父去世之后,她头一次对一个人有了全身心的依赖和信任。这个胡子拉碴、落拓不羁的东北汉子,在她眼里完全就是英雄的化身。

他英气勃发的脸,是那段阴暗岁月中她唯一的快乐源泉。沉浸在爱情中的人总是幸福的,难以想象,就是在那间发霉小屋里,她写下了这样清新喜悦的诗句:

> 那边清溪唱着,
> 这边树叶绿了。
> 姑娘啊!
> 春天到了。

一心想拯救她的三郎却未免有几分愧疚,他太穷了,根本没办法替她偿还高额的食宿费,她欠旅馆的钱,累计已达六百多块,他对此一筹莫展。

一场洪水解决了这个困境。

7月,哈尔滨一连下了二十七天大雨,整个城市都在洪水中浸泡着。8月12日,松花江堤决口,洪水奔流,哈尔滨大片地区成了汪洋泽国。萧红所在的东兴顺旅馆一片混乱,店主早顾不得楼上付不起费的落魄女人了,自己逃生去了。

在洪水袭来的黑夜,旅馆将倾的那一刻,三郎趁乱救出了萧红,两个人紧紧相拥在一起。

从东兴顺逃出来后,萧红不久就生下了一个女婴,她当时身体极度虚弱,两人生活又没有着落,只得把这个女婴送给了别人。很多人说萧红没有母性,其实她病重时还挂念着这个孩子,对朋友说:"但愿她在世界上很健康地活着。大约这时候,她约有八九岁了,长得很高了。"

出院之后,他们在朋友裴家住了几天,马上就搬到了欧罗巴旅馆。

这是一对苦命的恋人,从刚相爱开始,饥饿和穷困就伴随着他们,如影随形。

住在欧罗巴时,饥饿成了他们最深刻的记忆。萧红有本散文集叫《商市街》,主要描写这段时期的经历,从来没有见过有一个作家像她那样,把饥饿描绘得如此入木三分。有一天萧军出外求职,她在家里饿了一整天,不禁写道:"桌子可以吃吗?草褥子可以吃吗?"在《饿》这篇散文里,她甚至写到饥饿得实在难以忍耐的时候,想要去偷人家挂在门口的大列巴。

幸好萧军很快找到了一份家庭教师的职业,缓解了他们的窘境。挨够了饿的萧红,终于可以痛痛快快地吃上一顿大列巴了。

这也是一对坚韧到不可思议的恋人,尽管穷困潦倒,他们却坚持创作。

是萧军发掘了萧红的文学才华,并鼓励她走上了文学创作的道路,那时候,她使用的笔名叫"悄吟",开始在报纸上发表小说和诗歌。

后世的人提起萧红来,总将重心放在她的脆弱、依赖性强、神经质这方面,殊不知,她也有她极其坚韧的一面,对于她一心想追求的东西,比如说自由和文学,她从来都没有放弃过。从拿起手中那支笔开始,她立刻敏锐地认识到了自己的天命所在,此后不管如何艰难困苦,都没有停止过写作。

作为一个女人,她一生中受过的苦难不可谓不多,作为一个写作者,她完全没有辜负自己所受的苦难,只要她都写出来了,那些苦就没有白受。可惜的是,她的生命太过短暂,就像流星划过天空,还未充分燃烧就已殒灭。

1933年秋天,这对恋人合印了一部短篇小说集《跋涉》,正式署上了萧红、萧军的笔名,意思是"小小红军",从那以后,惊艳整个文坛的东北二萧就横空出世了。

那是他们生命中最美好的时光。

萧军有了工作,萧红开始写作,他们的生活总算有了着落,而且有了一大帮朋友,都是东北文艺圈的,他们常常在一起聚会,朗诵诗歌,排练话剧,日子过得充实而快乐。

电影《黄金时代》对这段时光有着诗意的刻画,萧军和萧红走在满是欧式风味建筑的哈尔滨街头,且歌且舞,晚风吹起她的长裙,他们快乐得肆意而飞扬。

人在快乐时往往是不自觉的,要到很久很久以后,萧红才会发现,那是她一生中最单纯快乐的日子。

她年少时离家出走,除了厌恶父亲的专制外,更重要的是出于对一种新生活的憧憬和追求,经过几年的颠沛流离,这种生活终于慢慢展现在她面前:光明、温暖、带着向上的力量。可以想见,她对萧军有着怎样的感激,他不仅救了她的命,还给了她梦寐以求的新生活。

萧军把他们的作品寄给了当时的文坛泰斗鲁迅先生,在阅读了萧红描写东北人抗战生活的《生死场》后,鲁迅称赞不已,称其文章笔力"力透纸背"。

在鲁迅的支持下,他们搭乘日本货船来到了殖民地上海,从此成了鲁迅的邻居。在鲁迅身边的初期,他们的创作和情感都更加丰盛,而且鲁迅还专为他们设下宴席,以便能介绍一些文坛的朋友给他们认识。

第一次见鲁迅先生,萧红一个晚上不眠不休,像病补雀金裘的晴雯一样,为着所爱的人拼了力气,为萧军赶制了一件时尚的礼服。衣服做好了,黑白相间,别致好看,这些绵密的针线里凝聚了萧红的无限情意。

在上海,为了省钱,萧红用一袋面就过了一个月,天天烙油饼,煮大菜汤,后来在武汉萧红继续给小金巷的文人做这种汤,被他们称为"萧红汤"。在上海冰洞一样的屋子里,她一边忍受着咳嗽,一边为萧军抄写《八月的乡村》。由于太冷,抄一会儿,就得把手放在嘴边哈一会儿热气。

两人分开后,萧军抱怨萧红"没有妻性",说这些的时候,他可能已经全然忘了,她是如何无微不至照顾他的生活的,甚至于两人争吵后萧红去了日本,还再三提起让他换一个软点的枕头。

在鲁迅先生的帮助下,"二萧"的代表作《八月的乡村》和《生死场》作为奴隶丛书的重头戏,由上海容光书局出版。当即震动文坛。

在二萧之中,鲁迅毫无疑问更为偏爱萧红,后来有人将之曲解为他们之间有男女的暧昧情愫,殊不知,萧红的文学才华本就远远高于萧军,以鲁迅先生的火眼金睛,怎么可能看不出这一点?

眼看着前景越来越光明,二萧的感情生活却日渐失衡。

我猜想,萧军鼓励萧红创作的初衷,有点类似于旧时书生那种鼓励姨太太读书的心态,从古至今,中国文人都有调教枕边人的爱好,美其名曰"红袖添香夜读书"。可是一旦红袖们展露出技高一筹的才华时,对于书生来说就不是添香而是添堵了。

果然,后来萧红在鲁迅的引荐下崭露头角,在文坛上风头一时盖过了萧军。两人之间的平衡一被打破,就再难复原。对于萧红的成就,萧军是很不服气的,这个不服气除了失衡的落差外,还在于他没有认识到萧红文学上真正的价值。

"二萧"在文艺观点上存在着严重分歧。萧军主张斗争的文学、力的文学,他看重的是萧红的《生死场》,对《呼兰河传》压根不屑提。到了晚年萧军仍把萧红的作品比作"月亮",说她只能"给人一种光亮、清澈的感觉,但是缺乏一种热力",并说"萧红的作品最终的结果是给人一种消极的阴暗的感觉,对人生是失败主义","她是消极的浪漫主义、唯美主义、个人主义结合的混合体"。萧军是个有英雄情结的男人,他对萧红的感情很大程度上建立在拯救者的身份优越感上。当时他去小旅馆搭救贫病交加的萧红时,万万没有想到,这个弱小的女子日后会成为冉冉升起的一颗文学明星,她的光辉甚至盖过了他,这是他断断不能忍受的。

后世很多人指责萧红依赖性太强,一开始她确实是全身心依赖萧军的,随着人格的成熟和才华的显露,她显然已经不满足于依附者的身份,而是想和萧军并驾齐驱,平等相处。大男子主义很重的萧军又岂肯轻易放弃惯有的优越感,于是便以轻蔑和嘲笑来打压她。

这是一场无声的角力。

角力的过程中,他们开始频频争吵。萧军对萧红太过粗鲁,甚至有家暴的嫌疑。一次,朋友发现萧红的额角青肿了一大块,就问她怎么了。萧红支支吾吾地掩饰说自己不小心撞的。谁料萧军轻蔑地笑着说:"什么撞的,就是我打的。"朋友们都大吃一惊。

萧红最不能忍受的,还是萧军在情感上的不忠。有一次,他竟然和朋友的妻子许粤华有了暧昧,还导致她怀了孕。萧红和他争吵,他表现得不是内疚,而是气愤,气愤于她不能包容,他在日记中怨恨地写道:"吟会为了嫉妒,捐弃了一切同情(对×就是一例),从此,我对于她的公正和感情有了较确的估价了。原先我总以为,她会超过于普通女人那样的范围,于今我知道了自己的估计是错误的,她不独有着普通女人的性格,有时甚至还甚些。"

说到底,还是萧军骨子里的男权思想在作祟。旧式婚姻中的贤妻一大标准就是"不妒忌",最好还能主动为丈夫纳妾。有了这次风波,萧红显然不再是他心目中的贤妻,所以他后来才说:"她单纯、淳厚、倔强、有才能,我爱她。但她不是妻子,尤其不是我的!"

萧红呢,不是不爱萧军,而是太爱他了,因为爱他,所以容不下他对自己一丝一毫的冷淡,因为爱他,所以才拼了命地博取他的尊重。就像一个任性的小孩,不停哭闹,只为了让大人多看他一眼。

这样炽烈的爱情就像一场大火,把两个人都烧得遍体鳞伤。

萧红理解不了萧军的变化,"往日的爱人,为我遮蔽暴风雨,而今他变成暴风雨了!让我怎来抵抗?"

萧军在致萧红的信中,这样写道:"你是这世界上真正认识我和真正爱我的人!也正为了这样,也是我自己痛苦的源泉,也是你的痛苦源泉。可是我们不能够允许痛永久地啮咬我们,所以要寻求各种法子。"

为了让双方都冷静下来,在鲁迅的建议下,萧红只身东渡日本。即使到了日本,客居他乡的萧红仍然思念着萧军,她频频地给萧军写信,从1936年7月18日踏上到日本的渡船给萧军的第一封信到 1937 年 1 月 4 日，不到半年时间就给萧军写了三十五封信。

半年后，萧红满怀希望地回到了萧军身边，幻想着他们能再一次重归于好。可是她的希望落空了，萧军对她还是轻贱如故，粗暴如故。

分手不可避免地到来了。

他试着挽留过她，可她已心如死灰。即便她怀上了他的孩子，也没有打消分手的念头。经历了暴风雨一样的感情，她只想找一个温和的男人共度余生。不久后，她挺着大肚子嫁了端木蕻良。他这才意识到，这次是真的失去了她。

闻名于世的二萧，最后以分离告终。

萧红始终忘不了萧军，曾对聂绀弩说："我爱萧军，今天还爱，他是个优秀的小说家，在思想上是个同志，又一同在患难中挣扎过来的！可是做他的妻子却太痛苦了！"她一生都追求纯粹的爱和温暖，可这世间上的感情，往往是爱和憎恨、冰冷和温暖交织在一起，一如萧军给予她的。

数年后，萧红因为庸医误诊，在香港一间医院里不幸去世，年仅三十一岁。临终前，她还心心念念着萧军，盼望着他来救她，这一次，她的三郎没有再从天而降，只留下这个孤苦了一生的女子与浅水湾的碧海蓝天永处。

张元和与顾传玠

情不知所起，一往而深

情不知所起，一往而深——爱情总是在不知不觉中激发出来，而且越来越深。

这是汤显祖对他戏中女子杜丽娘的评价，一语道尽了天下痴情人的共同心声。

人生自是有情痴，连汤显祖可能都没有想到，他的《牡丹亭》问世后，竟然会影响到那么多戏外的女孩子：杭州演员商小玲上演《寻梦》时，联想到戏外人生，竟在舞台上一恸而绝；娄江女子俞二娘读《牡丹亭》后，层层批注，自伤身世，年仅十七岁就悲愤而亡；更有那遭人嫉妒的一代才女冯小青，薄命嫁作他人妾，在一个雨夜读到了《牡丹亭》，写下了"冷雨幽窗不可听，挑灯闲看牡丹亭。人间亦有痴于我，伤心岂独是小青"的诗句，之后没多久就郁郁而终了。

数百年后，也有这样一个痴情女子，只因爱看《牡丹亭》，竟恋上了舞台上的"柳梦梅"。这次幸好没有酿成悲剧，而是成就了一出佳话，两人弄假成真，在戏外重演了戏内的奇缘，让世人相信了情之一物，确实具有冲破一切的力量。

那是1929年，在上海"大世界"剧院的舞台上，一出昆曲《惊梦》正在上演。扮演柳梦梅的小生外形俊朗，清秀脱俗，望之若芝兰玉树，一开口更是唱腔婉转，艺惊四座。

"则为你如花美眷，似水流年。是答儿闲寻遍，在幽闺自怜。"

一曲广为流传的《山桃红》，在台上的小生唱来，竟然如此旖旎动人，惊艳了台下听戏的观众们。这其中，就有一位爱戏成痴的名门闺秀。许久以后，她对初见时他的风姿仍然记忆犹新，曾回忆说："顾（传玠）为吴人，性聪颖，美丰姿，俶傥不群，饰巾生，则翩翩绝世，书中人未必过之。"

戏台上的翩翩公子，就是当时名动上海的昆曲小生顾传玠。

顾传玠，人送美名"一介之玉"，苏州人，擅长扮演小生，十八岁时，就有戏曲评论家在报上评论他："一日视听，令人作十日思。"有人说，顾传玠演戏不是用身，是用心。他自己也常说："演戏前内心要揣摩剧情，演来才逼真。"因为唱作俱佳，连梅兰芳都点名邀他同台"对戏"。

戏台下的名门闺秀，则是来自合肥张家的大小姐，名列"合肥四姐妹"之首的大小姐张元和。

叶圣陶曾经说过一句话："九如巷张家的四个才女，谁娶了她们都会幸福一辈子。"指的就是张家四姐妹。

和三个著名的妹妹相比,张元和显得相对沉寂些,其实在张家,她是最得宠的大小姐。尽管后面有那么多弟弟妹妹,她吃奶还是吃到了五岁,祖母待她更是如珠似宝,从她七岁时就让她搬上楼同住。

张家姐妹小的时候,父亲为女儿们请来了第一个昆曲教师——苏州昆班全福班的老演员尤彩云。姐妹们很快地爱上了这门在当时已渐趋没落的古老艺术,尤其是元和,她一生的快乐和安慰都来源于昆曲,连婚姻都与昆曲有关。

昆曲中最广为人知的就是《牡丹亭》,这出戏,是元和姐妹们从小唱到大的。苏州昆曲博物馆里,至今还保留着元和赠送的昆曲身段谱,收有她演出《牡丹亭》中《游园》的身段影集,她扮演的杜丽娘端庄秀丽,大方文静,颇具古代闺秀的神韵。

当少女时代的元和一遍遍唱着《游园》《惊梦》时,她可能没有想过,现实中真的有柳梦梅那样丰神俊朗的男子,直到舞台上的顾传玠出现。

初相遇时,他在台上,她在台下。他二十岁,她二十二岁。他是唱戏的伶人,她是名门的小姐。

横亘在他们之间的,是一条看不见的深沟。

这样的两个人,似乎没有什么发展的可能性。

元和最初只是一个喜欢顾传玠的听众,类似于今天的小粉丝。她很想去看他的戏,但见他挂牌的戏中,总是不见演《拾画·叫画》这一出。于是就伙同班上的女同学,冒冒失失地给他写了一封信,请他演《拾画·叫画》。

信的开头很文气："叨在同好，兼有文谊……"元和后来回忆这段往事时说："多正经，多客气呀，是吧？过了几星期，他真的满足了我们的要求，我们简直不敢相信。"

收到"偶像"顾传玠同意演出的回信后，一群女"粉丝"们喜出望外，请了几位男同学做保镖，叫了出租车，浩浩荡荡地前往大世界剧院看戏。

顾传玠果然如约演了元和最爱的那出《拾画·叫画》。这一天，他的表演温文尔雅而又不失激情，唱腔流丽婉转，令汤显祖笔下潇洒倜傥的柳梦梅宛若复生。

从那以后，元和就着迷了，几乎每个周末都会和伙伴们一起去听顾传玠的戏。感情就在不知不觉中萌生了，她以为自己迷的是他的戏，殊不知，演戏的人已将一根情丝系在了她的心上。

元和年轻时是很漂亮的，在上海大夏大学读书时，因为品貌出众、雍容华贵，被同学们称为"大夏皇后"。三个妹妹在她面前都自愧不如，二妹张允和曾说，大姐生得端庄秀美，穿衣的颜色、式样都很雅致得体，最喜欢的颜色是咖啡色。

长得美，家世又好，元和身边自然不乏追求者，但她一概不理，可能是在那个时候，她已经对顾传玠心动了，但也仅仅是止于心动而已。

接下来的几年间，他们有过的交集少之又少。

顾传玠弃伶求学，改名"顾志成"，取"有志者事竟成"之意，进入东吴大学附中读书,恰好与元和的两个弟弟是同学。

元和那时正在家中跟着周传瑛学戏,周传瑛教她小生身段。顾传玠因为和她弟弟是同学,不时会到她家来玩,每当他来的时候,元和就害羞得不敢唱了,她的理由是"他以前是上海最红的小生,在他面前唱多尴尬啊"。

其实,除了专业上的自愧不如外,元和见了他就胆怯的深层原因可能是:女孩子见了钟情的男人总会腼腆得手足无措,最怕的就是在他面前丢脸了。

这种若有若无的情愫持续了好长一段时间,直到1936年的昆山义演,两人之间的关系才逐渐明朗。

那次义演,阔别舞台已久的顾传玠重新登台,元和当时是幔亭曲社成员,也受邀参演。得知顾传玠复出,她兴奋地打电话回家,因为她知道,父亲最爱看顾传玠扮演王十朋,接到电话后,父亲带着四个弟弟,雇了汽车,一行人浩浩荡荡来到昆山。

义演安排得很紧凑,顾传玠连演两天,深感疲惫。第三天他应约扮演李太白,和饰演高力士的演员在上台前临时排练,他念起了李白的《清平调》:"云想衣裳花想容,春风拂槛露华浓,若非群玉山头见,会向瑶台月下逢。"这个时候,他突然卡住了。在旁边观看的元和马上不假思索接了句:"一枝红艳露凝香……"

如果不是关注着他的一举一动,她怎么会接得如此及时。

翌日的演出十分成功,元和称赞顾传玠演得"十全十美,令人叫绝",他最令她倾心的,就是舞台上的光华,不管演的是文雅的柳梦梅,还是狂放的李太白。

舞台外的顾传玠,即便除去了戏装,也是风华绝代的。昆山义演后,张父雇船带大家去正仪看荷花,吃完午餐后,元和不见传玠,找到河畔时,见他正躺在乌蓬小船内吹笛,粉红色的荷花盛开在一身白西装的他身边,此情此景,令元和不禁在岸上举起相机,拍下了当时的镜头,这也是她此生为他拍摄的唯一相片。

从现存的照片中,仍然能见识到顾传玠的翩翩风采,可惜的是,照片只能留影,无法留声,听不到他亲自吹奏的笛声了。

抗战期间,张家人四处逃亡,逃到四川的张允和致信大姐,希望她也去四川。元和回信说:"我现在是去四川还是到上海一时决定不了,上海有一个人对我很好,我也对他好,但这件事(结婚)是不大可能的事。"

她所说的这个人就是顾传玠,当时的戏子社会地位是很低的,顾传玠的同门周传瑛就曾感叹:"昆曲是高雅之至的了,但唱昆曲的戏子终归是下贱的。"

正因如此,顾传玠后来才求学、从商,就是希望通过这种转型,来获取社会地位的提升,以及张家人对他的认可。

对这段曲折的感情,元和的妹婿周有光曾回忆说:"张元和在上海读大学,人漂亮,读书也好,是大学里的'校花',被捧得不得了,再加上张家的地位,一般男孩子不敢问津……张元和因为喜欢昆曲,和顾传玠相识,顾传玠想追求她,但她不敢接近顾传玠,因为当时演员的地位很低。所以拖了很多年,到抗日战争的时候他们才在上海结婚。"

犹豫了很久后,元和决定致信父亲,告诉他要和顾传玠订婚。这时却传来了父亲去世的消息,还是二妹允和当机立断,代行父职,给大姐回了封信说:"此人是不是一介之玉?如是,嫁他!"

1939年4月,元和与顾传玠在上海结婚。此时,她已经年过三十,距离刚认识他时,时间已过去了十年。

这是一段典型的昆曲之恋,他们因戏结缘,由戏生情,在戏中,生死都隔断不了杜丽娘和柳梦梅的情缘,在戏外,门第和成见自然也阻挡不了元和嫁给顾传玠的决心,他们上演了一出现实版的《牡丹亭》。

他们的婚礼轰动了当时的上海滩,各大报纸上到处是《张元和下嫁顾传玠》的标题,连顾传玠都自嘲:"一朵鲜花插在了牛粪上。"

这种偏见甚至延续到了他们婚后,据周有光回忆:"我有一个非常有钱的亲戚,是上海一个银行的董事长。这位大银行家也是考古学家,自己在上海有一栋七层楼的房子,最高一层放的全是他的古董,其中最重要的就是甲骨文。我和张允和结婚后就去上海拜访老长辈,受到了他的热情接待。我早年搞经济学,在大学教书,因此他很看重我。但是,张元和与顾传玠结婚后一起去看他,他不见,搞得张元和很尴尬。这个例子说明,张元和结婚晚就是因为封建思想严重的年代看不到艺术家的价值,看不起演员。"

可这并没有影响他们婚姻生活的和谐。婚后,顾传玠炒过股票,开过公司,生意做得不咸不淡,对元和来说,这些都不重要,重要的是,他依然是她心目中那个俊朗小生。他们两个人,一心一意地沉浸在昆曲世界的美妙之中,常常在一起"拍曲"。有一次他俩同台"彩串"了《长生殿·惊变》,他演唐明皇,她演杨贵妃,不论在戏内还是戏外,谁见了都说,这两个人真是一对璧人啊。

有一次,顾传玠在家里搭起了戏台,说要欢迎一个"中国通"洋人,那人就是著名的建筑学家费正清。那次费正清点了三出戏,分别是《游园》《思凡》《惊变》。顾传玠与元和、允和三人轮番上场,完全不须排练,因为这些戏他们早就已经唱得熟透了。

还有一次,元和刚跟张传芳学会《琵琶记》中《盘夫》一折,那天就同顾传玠在曲会上合唱这出戏。当年在同期唱曲子,都是背的,不可以看曲本。元和按规矩一丝不苟地唱完,有位曲友哈哈大笑,她以为哪里唱得不对,又不好意思问。忽听那人说:"张元和才结婚不久,就盘起夫来了,哈哈哈哈!"听了这话,大家都笑了。

他们一共生了两个孩子,女儿名叫顾珏,儿子叫顾圭,都是"玉"的意思,家中这一大两小三块玉,都是元和心上的无价之宝。

有人曾经对元和的父亲说:你给女儿取的名字,下面都带着两条"腿",她们长大了恐怕都会走得很远。果然,后来充和去了美国,元和也在1949年随顾传玠去了台湾。

到台湾后,顾传玠经商,元和在家相夫教子。他已经不再登台唱戏了,只是朋友小聚时,才会吹笛一曲助兴。据儿子顾圭回忆,父亲后来生了肝病，身体日渐衰微，只有在生病时才会听见他清唱昆曲，即使在病中，声音仍然非常优雅。

顾传玠因病去世后，元和提起丈夫来没有一字怨言，反而常说："愧，愧，愧，愧对传玠。"她曾有念头，建议顾传玠示范小生身段，她为之记录下来，但他一贯认真，自觉精力已不能完美胜任，拒绝了这一要求。

为了弥补这个遗憾，元和制作出了一本记录顾传玠生平和艺术之路的纪念册，并多次组织演出纪念亡夫顾传玠。

事隔多年后，她在台湾演《埋玉》，剧情是唐明皇埋杨玉环，她想起当年和顾传玠同台演出的情景，不禁喟然长叹，撰文说："这次埋的不是扮杨玉环的张元和，而是埋了扮唐明皇的顾传玠这块玉啊！"

人生总是这般无奈，所以《牡丹亭》中才有"良辰美景奈何天"之叹，汤显祖能用一支妙笔，让杜丽娘为情而死，又因情返魂，元和深情如斯，却没有办法唤回她的一介之玉了。

"埋玉"之后，元和随女儿移居美国，时不时票戏授课，把余生都献给了昆曲。

1986年，元和与充和在北京登台演出《牡丹亭》，纪念汤显祖四百三十五周年诞辰。元和演柳梦梅，充和演杜丽娘，戏服上身，水袖飘飘，响起的是大家最熟悉不过的曲调：

原来姹紫嫣红开遍，似这般都付与断井颓垣。

台下一位日本观众看哭了。他说，这是大家闺秀演绎大家闺秀的传奇,精彩、传神。元和、充和合影的一张剧照被俞平伯看到了,他称赞这是"最蕴藉"的一张照片。

其时,元和已有七十八岁,充和七十一岁。

元和八十五岁时,还在电影《喜福会》中客串一角,她想起小时候,父亲曾打算投资开电影公司,后来改办了乐益女中。元和打趣说:"我的明星梦,直到老年才实现,岂不有趣?"

2003年,元和在美国病逝。就在去世前一年,她费尽心血制作的《顾志成(传玠)纪念册》终于出版。

此时,离顾传玠去世已经近五十年,她对他的思念,从来没有停止过。

张允和与周有光

找个有趣的人一起变老

理想的婚姻状态是什么样的？

有句流传很广的话说出了大家对理想伴侣的期待：一辈子太长，得找个有趣的人白头偕老。

这话说起来容易，要真正实现却很难。首先，得有两个有趣的人；其次，这两个有趣的人得恰好看对了眼；再次，他们最好还要活得足够长，才能达到"找个有趣的人白头偕老"的境界。

在民国众多伉俪中，能抵达这一境界的夫妻并不多。很多世人推崇的神仙眷属，大多只能做到"有情"，要想达到"有趣"，还得多一点幽默感，多一份俏皮劲儿。

携手走过百年风雨的周有光和张允和，就是这么一对堪称凤毛麟角的夫妻。他们俩年龄加起来超过两百岁时，仍能举"杯"齐眉，两"老"无猜。

1998 年 12 月 21 日，国际教育基金会举行百对恩爱夫妻会，年近百岁的周有光、张允和是最年长的一对。岁月没有消磨掉他们对生活的激情和对彼此的爱意,他们越活越有味,越爱越深沉,一个是新潮老头,一个是白发才女,真正做到了"有趣到老"。

张允和是谁?鼎鼎大名的合肥四姐妹之一,她在张家排行第二,被称为"最后的闺秀",张家人则亲昵地称之为"小二毛"。张家四姐妹中,就数她最活泼、最爽朗,从小就深得父亲张武龄的钟爱,每次出门,都喜欢捎带着她,"小二毛,来!"父亲出谜语,制对联,她总是第一个抢着作答,人送外号"快嘴李翠莲"。

小小年纪,她就一肚子的主意,父母让她当四妹充和的老师,她就耍起了"小老师"的威风,给四妹改了个名字叫"王觉悟",意思是要妹妹做个懂民主、懂科学的新人。孰料妹妹反问她:"你既是明白道理的人,为何要改我的姓?我姓张,不姓王。"她被妹妹问住了,气得拿剪刀去拆书包上绣的"王觉悟"三个字,"觉"的繁体字足足有二十个笔画,拆得她满头大汗。这起小闹剧,日后反成了姐妹间的温馨回忆。

张家姐妹从小就跟着父母听昆曲,耳濡目染,慢慢都学着在家演戏。姐妹们爱演《三娘教子》《探亲相骂》《小上坟》《小放牛》之类的戏,大姐元和、三妹兆和演主角,我们二毛允和呢,则是永远的配角,为主角们插科打诨、开锣喝道。她还专爱演丑角,鼻子上点一块白豆腐,勾上几笔黑线条,就是一个活灵活现的小琴童、小书童,非常符合她活泼灵动的性子。

很多人演配角都会为自己抱不平,允和则高兴地回忆说:"我认为配角很重要,现在不是有配角奖吗?我的童年如有配角奖,我可以受之无愧。"后来,她在学校里、曲社里都爱演配角、凑热闹。

在三妹兆和和沈从文的婚姻中,允和可以说是一个"最佳配角"了。沈从文苦苦追求张兆和而不得,索性追到了她九如巷的家里来,兆和不想见他,是允和劝她说,他是老师,你是学生,做老师的到学生家里来,总要接待一下吧,你就对他说,我家里有很多弟弟妹妹,欢迎来玩。兆和听了她的劝告,沈从文才有机会进了张家的门。

后来又是允和代沈从文向父母提亲,开明的张家父母一口就答应了这门亲事。允和非常开心,连忙跑到电报局去给未来的三妹夫发了一封电报,上面只有一个"允"字,既是应允的意思,又包含了她的名字,一语双关,可见张二姐的机智。沈从文对这位二姐非常感激,到晚年时还戏谑地称她为"媒婆"。

尽管允和在曲会上演了一辈子的配角,但对周有光来说,她却是始终不变的女主角。

周有光先学经济,后攻语言,被称为"汉语拼音之父"。作为一个经历了百年沧桑的"四朝元老",周有光给人最大的感觉是处变不惊。如今他已经一百一十岁了,别人问他长寿的秘诀,他说是"不要生气",因为生气是用别人的错误来惩罚自己。

其实除了淡然处世外,活得生机盎然可能也是周有光的长寿秘诀。他年轻时就喜游历、谈锋健,爱好十分广泛。小时跟着老师学拉小提琴,很有音乐天赋。老师让他每天练四个小时,他却说,学琴只是为了好玩,并不是为了成为演奏名家,于是照旧按自己习惯的时间练。

十年动乱时,他被下放到宁夏,和教育学家林汉达一起看守高粱地,仍然能够谈笑风生,好像是在对着一万株高粱演讲。

八十五岁那年,他离开办公室,回到家里的小书房,看报、写文章,那间书房仅仅只有九平方米,他却安之若素,还饶有兴致地撰写了一篇《新陋室铭》:

> 山不在高,只要有葱郁的树林,
> 水不在深,只要有洄游的鱼群。
> 这是陋室,只要我唯物主义的快乐自寻。
> 房间阴境,更显窗子明亮,
> 书桌不平,要怪我伏案太勤。
> 门槛破烂,偏多不速之客,
> 地板跳舞,欢迎老友来临。
> …………

九十多岁时,他头顶上的头发都掉光了,他却笑着说是还没有长出来,依然像年轻时一样,随身带着几块洁白的大手帕,时不时拿出来擦擦脸。

说起来,周有光和张允和的结缘,还要归功于几块大手帕呢。

晚年周有光回忆起他和张允和的恋爱,用"流水式"的恋爱来形容这段关系。两个人的相识相恋，没有经过大风大浪，而是自然而然地走在了一起。

张允和和周有光的妹妹是同学，两人由此相识。两家都是望族，但周家已经没落，一度连周有光念大学时的学费都交不起，所以允和常笑称自己戏曲看多了，有"落难公子后花园"的情结，不仅没有嫌弃周家家道中落，反而认定了周有光是个"落难公子"，想去搭救他一把。

张家有十个兄弟姐妹，周家的年轻人也很多，两家人常常聚在一起玩。在九如巷的小型曲会上，张家姐妹唱戏，年轻的周有光会给她们拍曲，没想到，这一拍，竟然就持续了一辈子。

可能是因为性情相近，周有光和张允和做了很多年的好朋友，直到有一天，在上海教书的他给还在杭州读书的她写了一封信，信中的内容很普通，没有一句有关情爱的话。允和收到信后，还是很紧张，和比她年龄大的同学商量后，才敢回信。暑假两人再见面时，已经没有以前相处时的自然，可能爱情的萌芽都始于这种不自然吧。

很多年以后，允和回忆起和周有光挑明心迹的那一幕，清晰得宛如昨日。那是1928年的一个星期天，他们一起从吴淞中国公学的大铁门走出来，一直走到了吴淞江边的防浪石堤上，两人没有手挽手，而是保持着一尺左右的距离。

在温柔的防浪石堤上，他掏出一块洁白的大手帕，细心地垫在石头上，让她坐了下来。可能是太紧张，她的手直出汗，他又取出一块小手帕,塞在两只手之间。她心想:手帕真多!

隔着一块手帕,他紧紧地握住了她的手。

回想起这一刻,暮年的她动情地写道:一切都化为乌有,只有两颗心在颤动着。

从那以后,她和他无论欢乐幸福,还是风雨突变,都没有松开过彼此的手。

他们恋爱期间,发生了两段很有意思的小插曲。

一个周末,周有光和张允和相约在灵隐寺见面,那时候的寺庙,常常成为书生小姐谈恋爱的地方,《西厢记》的故事就发生在寺庙。两人肩并着肩一起上山,始终不敢手挽着手。一个老和尚一直尾随在他们身后,他们走他也走,他们停他也停。这对情侣心想,这个和尚也太不识相了,于是索性坐在树下休息。岂料老和尚也坐了下来,还问周有光:"这个外国人来了几年了?"

原来允和鼻子很高,轮廓分明,所以被老和尚误认为是个外国人,这才好奇地一路跟着来瞧瞧。

周有光不动声色,笑着回答:"来了三年了。"

老和尚说:"难怪中国话讲得这么好。"

热恋中的人难免要安排各种娱乐节目,有一次,喜欢西洋音乐的周有光特意请还在念书的张允和去听音乐会,地点是在法租界的法国花园,一个人一把躺椅,躺着听,很贵,得两个银圆一张票。

当天演奏的是贝多芬的交响乐,没想到,在雄浑激越的音乐声中,张允和听着听着居然睡着了,这位张二小姐,打小喜欢的就是昆曲之类的中国古典音乐,对西洋音乐实在是欣赏不了。

周围的人难免投来诧异的眼光,周有光心里也有点打鼓,但还是淡定地听完了音乐会,其间任允和在躺椅上酣睡,并没有叫醒她。

换成其他人,也许会埋怨爱侣不懂欣赏,周有光却完全不以为忤,反把这当成了一件趣事,可见再合拍的情侣,也需要有一颗懂得包容的心,关系方能长久。

相识十年、恋爱五年后,两个人准备结婚,定下日期后,允和的姑奶奶出面阻止,认为喜期定在月末不吉利,是阴历的尽头日子。于是改为4月30日摆酒,结果发现是阳历的尽头日子,再改已来不及了,只好如期举行。允和相信,旧的走到了尽头就会是新的开始。

婚礼很简单又很新潮,四妹充和唱昆曲《佳期》,后来成为张家大姐夫的顾传玠吹笛伴奏,还有一位白俄小姑娘弹奏钢琴,称得上是中西合璧。

允和是张家四姐妹中第一个结婚的,起初张家人并不看好这段姻缘。照顾允和的保姆拿着这一对新人的八字去算命,算命先生称,这对夫妻都活不过三十五岁,连三妹兆和都说:"二姐嫁给痨病鬼,哭的日子在后头呢。"

尽管如此,开明的张家还是没有阻拦他们的结合,还给了新婚夫妇两千银圆的嫁妆。他们用这笔钱出国留学,并乘坐当时最豪华的游轮"伊丽莎白皇后号"遍游美、英、法、意大利、埃及等地。

结婚前,周有光有些忧虑地给允和写信说:"我很穷,怕不能给你幸福。"允和回了一封很长的信,表明了一个意思:"幸福是要自己去创造的。"

他们果然用自己的双手创造了幸福,两人共同生活了近七十年,允和活了九十三岁,周有光如今还健在,创造了白首不相离的奇迹。

七十年的婚姻岁月,就像婚前一样,仍然是流水式的相守相依,其间不乏风风雨雨,抗战时他们经历了丧女之痛,"文革"时又受到打击,他们却用天性中的乐观和热情,将每一天都过得生机盎然。

这对恩爱终生的夫妻身上的共同点很多,其中最大的特点莫过于乐观和活力。

晚年的周有光曾经写过一篇文章,叫《张允和的乐观人生》,在他眼里,这位夫人既是人们所说的"最后的闺秀",又是充满朝气的现代新女性。她学生时代的作文,把凄凉的落后时节,写成欢悦的丰收佳节;她参加大学生国语比赛,自定题目"现在",劝说青年们抓住现在,不要迷恋过去;她编辑报纸副刊,提出"女人不是花",反对把女职员说成"花瓶"。

在干孙女曾蕾的眼里,这位张奶奶的性格恰如宋词,既婉约,又豪放,有柔情似水的一面,也有坚贞不屈的一面。

"文革"期间,红卫兵来抄他们的家,可在张允和看来,这些红卫兵只不过是天真的孩子,这个时候化身为十分严厉的导演。

她自己呢，平时在戏台上扮惯了小丑，在这非常时刻，也就当是在演戏陪孩子们玩儿吧。回顾这场风波，她一点怨气也没有，说："我的孙子在我面前耍猴，我生不生气呢？当然不。"

都说人生如戏，人啊，有时候确实需要一种游戏的精神，这样才能出乎其外，不至于陷入痛苦无法自拔。

有骨气的知识分子，在"文革"中多半在劫难逃。当时有人戏出上联："伊凡彼得斯大林"，周有光随口对出下联："秦皇汉武毛泽东"。一下子捅了马蜂窝，被打成了反革命，下放到宁夏平罗。

在平罗，他染上了青光眼病，病情危急，张允和则带着孙女在北京借贷过日，并在好心人的帮助下，每月给周有光寄药，共寄了四年零四个月。

回忆起那段暗无天日的日子，周有光记住的居然都是些趣事。且看他笔下的"大雁粪雨"："只听到一位大雁领导同志一声怪叫，大家集体大便，有如骤雨，倾盆而下，准确地落在集会的五七战士的头上。"尽管有大草帽顶着，他身上仍沾了不少粪便，可在他看来，大雁粪便准确地落到人群头上要一万年才遇到一次，所以笑称自己运气太好了，遇到了幸福的及时雨。

他被发配到宁夏农场，和林汉达先生一起看守高粱地，这里荒芜，两个老头儿躺在高粱地里，仰望长空，畅谈起了语文的大众化，林汉达问他"未亡人""遗孀""寡妇"哪一种说法好，周有光开玩笑地回答说："大人物的寡妇叫遗孀，小人物的遗孀叫寡妇。"

就是凭着这种他们夫妇所说的"阿Q精神",他们总算熬过了劫难。

回到北京的周有光,推出了一系列语言学的著作,工作到八十五岁才退休,仍然笔耕不辍。有记者问他:你一生百岁,有点什么经验可以留给后人?他回答说:如果说有,那就是坚持终身自我教育,百岁自学。

一台夏普打字机,是周有光的宝贝,早在1988年,他就学会了打字。

这种"活到老、学到老"的劲头感染了张允和,八十六岁那年,为了重新编印张家的家庭刊物《水》,这位张二小姐决定学习打字。她的老师,自然就是被沈从文称为"周百科"的周有光。

张允和是合肥人,普通话不标准,"半精(京)半肥(合肥)",老是拼错字,这时候,只需要一句"帮帮忙",周有光就会应声过来,帮她校正。可以说,允和打出的每一个字,都浸透了丈夫的爱意和耐心,所以她最先会打的就是"亲爱的"三个字。正是用这台打字机,张允和创作了《最后的闺秀》等作品,八十八岁时出版了处女作。

如果说打字方面是"妇敲夫审",那么唱起昆曲来,则是"妇唱夫随"了。张允和晚年与俞平伯等人一起成立了昆曲研习社,周有光常常陪同她去参加曲社活动。允和七十岁生日时,周有光送了她一套《汤显祖全集》,老太太心里甜滋滋的:"他真是懂我的心思。"

夫妻俩当然也有不同的地方，张允和是"诗化的人"，富于传统文化韵味，周有光则是"科学的人"，条理明晰，滔滔善辩。性格不同，并不相互抵触，而是相互补充，以音乐为例，他跟着她去听昆曲，她则跟着她一起听西洋音乐。

他们的婚姻生活是雅致和雅趣的结合，夫妻俩经常不定期地请一些"亲爱的"来参加"一壶酒、一碟菜"的"蝴蝶会"，还在酒席上行"新水令"。他们在朋友的帮助下，用五线谱等记下了评弹的词和曲，使无论哪国的音乐家拿起乐谱就可以演唱。

"快乐极了""得意得不得了"成了晚年张允和的口头语。他们每天上午十点钟和下午三四点钟喝茶，有的时候也喝咖啡，吃一点小点心。喝茶的时候，他们两个"举杯齐眉"，既是为了好玩，更是双方互相敬重的一种表达。后辈们都笑他们"两老无猜"。

常有老年人说："我老了，活一天少一天了。"而周有光夫妇的想法截然不同，周老先生曾说："老不老我不管，我是活一天多一天。"他的理论是，人过八十，年龄应重新算起，九十二岁时，还自称"十二岁爷爷"。

允和长得很美，年轻时的照片曾登上过杂志封面，出版人范用说她的脸符合黄金比例。她一生都穿中式衣裳，晚年时用黑丝线混着银发丝编成辫子盘在头顶，仍然是个时髦而优雅的老太太。

见过二老摄于1992年的一帧照片，他们站在花丛中，相依相偎，共读一本书。此情此景，不禁让人想起宝黛共读《西厢记》的画面。

俞平伯夫人许莹环生日时,允和曾写了一首诗祝贺,诗中说"人得多情人不老,多情到老情更好"。

多情人不老,说得多好啊,只有对生活饱含热情的人,才能永葆活力,将每个平凡的日子都过得有滋有味。这样的人即使老了,一颗心却永远年轻。

允和去世后,周有光满心空荡荡的,不愿再回卧室睡觉,每日在书房里的沙发床上入睡,沙发床对面的五斗橱上,摆了一排放大后的允和的照片。照片中,她对着他微笑,美丽一如当初。

韦莲司和胡适

> 喜欢就会放肆,而爱是克制

《聊斋志异》中记载了这么一个故事,天上的云萝公主下嫁给凡人安大业,两人欢好之前,云萝公主给了两条路让他选择:

若为棋酒之交,可得三十年聚;

若作床笫之欢,可六年谐合。

安大业是个俗人,毫不犹豫地选择了后者。

如果碰到这样的选择,大部分人恐怕都会和安大业一样吧,毕竟我们是肉体凡胎,在凡人面前,情欲具有压倒一切的力量,至于将来,等六年后再说吧。我总觉得,蒲松龄写这个故事,是想借云萝公主之口警醒世人,精神上的相悦比肉体上的交欢更长久,更能抵抗时间。

蒲松龄可能没有想到,在他写下这个故事百余年之后,真的有一对男女,终身都维持着类似于"棋酒之交"的关系,他们当然不是清教徒,但远隔重洋,数年才得一会,余下的大段时间都是凭借书信传情。

这份隔洋相望的感情,居然持续了五十年。

故事的主人公,就是为大家熟悉的胡适和韦莲司。

很难定位韦莲司在胡适生命中的地位,众所周知,胡适的女人缘在民国文人中是首屈一指的,怕是只有徐志摩可以与之媲美。谦谦君子、温润如玉说的就是他这样的人,对每个出现在他生命中的女人,他几乎都做到了温柔相待。

除了夫人江冬秀外,他的婚外还盛开着两朵玫瑰,其中最惹人注目的是红玫瑰曹诚英,热烈奔放,白玫瑰韦莲司,高洁淡雅。

他把最炽热的激情给了红玫瑰曹诚英,而对白玫瑰韦莲司,始终保持着一种"只可远观不可亵玩"的距离感。她之于他,是红颜知己,是精神上的知音,他对她的感情固然包含有男女之爱,但并不浓烈,很多时候,他都当她是一个老朋友。

韦莲司对胡适呢,毫无疑问是爱他的,而且这份爱随着岁月的流逝而愈加深刻。她身边不乏追求者,最终却选择了不婚,因为胡适才是她心目中真正仰慕的人。

最初,其实是他仰慕她。

他们初相遇是1914年,胡适作为第二批考上庚子赔款公费留美的学生之一,来到了位于纽约州北部绮色佳小城的康奈尔大学。

那时他还只是个一文不名的穷小子,来自安徽乡下,没见过什么世面,接触过的女子大多是和他母亲一样的贤妻良母。

韦莲司呢，比他大六岁，在艺术圈已经小有名气，结交的是最前卫的艺术家，学习的是最流行的绘画和雕塑。

一开始他只是和她的家人打交道，还未见过她时，已频频在饭桌上听到她的事迹：她喜欢漫游，足迹遍布美国、古巴、意大利等地；她的某个雕塑作品，被视为"触觉主义"的滥觞……

韦莲司的形象，随着这些描述日益鲜明，所以那年夏天，他终于见到回来度假的她，一点都不觉得陌生。

那一天，他和韦莲司沿着湖滨漫步，一路上落叶遮径，落日在山，风日绝佳。他们一共走了三个小时，边走边谈，完全没有觉得厌倦。

韦莲司的健谈和爽朗给他留下了深刻的印象，她不是传统意义上的美人，却自有一种霁月光风的风度。如此个性张扬、落拓不羁的女子，胡适生平还是第一次见到。

像胡适这样自幼丧父，由寡母抚养成人的男子最容易产生恋母情结，韦莲司年纪比他大，视野比他开阔，见过的世面也比他多，她的性格之高洁、学识之丰富以及见解之深刻都让胡适顶礼膜拜，这个阶段他对韦莲司的情感，是一种乡下小子对美国御姐的倾慕。所以在写给她的信中，他发自肺腑地说："我所需要的是一个舵手来引领我。然而，到目前为止，除了你以外，从来就没有一个人能够给我这个我真正需要的东西。"

在日记中，他描述心目中的女神："其人极能思想，读书甚多，高洁几近狂狷，虽生富家而不事服饰；一日自剪其发，仅留三寸许，其母与姊腹诽之而无可如何也。"

又说:"女士见地之高,诚非寻常女子所可望其项背。余所见女子多矣,其真能见思想、识见、魄力、热诚于一身者,惟一人耳。"

胡适原来认为妇女教育的目的,在于造就贤妻良母,作为日后家庭教育的预备,仍将妇女圈于家庭的狭小圈子中,而韦莲司的观点即使在当时的美国也属前卫。在与韦莲司的交流中,胡适观点"大变"为:"乃在造一种能自由独立之女子","可以化民为俗",振兴国家。

这样一个高洁狂狷、不事修饰的女子即便放在如今,也是令人瞠目的。在当时,尽管身边环绕着一些追求者,韦莲司还是倍感寂寞,那个年代的美国大学生,正如胡适所言"大多数皆不读书,不能文,谈吐鄙陋,而思想固隘"。胡适的到来,让韦莲司第一次体验到了"人生得一知己"的快乐。

短短几个月内,他们频频相伴出游,绕湖慢行,一边散步一边交谈,享受着思想交流的愉悦。淡淡的情愫就在两个年轻人心中萌芽了,胡适日记中关于他和韦莲司一同出游的记载,都写得如诗如画,比如"韦女士与予行月光中"一条,空灵诗意,令人如临其境。可见,这段时光给了他很多美好的回忆。

就在这时,韦莲司因事要暂时离开了,胡适满心依依不舍,深恨寒风吹落了窗前所有的柳条,竟使他无法为一个远去的朋友折柳道别。

很多人把韦莲司看成是胡适的初恋,事实上,这两个人还远远没有相恋，只是有了一点点微妙的情愫，就很快分离了。这段感情从一开始就奠定了它的基调——淡淡的，很隽永，对彼此的好感建立在精神交流而不是肉体欢愉上。

是什么阻碍了爱情的萌芽在他们之间生长呢？有研究者说，是因为韦莲司家教甚严，每次出游其母都会随行，监督两个青年男女的行为。但从胡适日记看来，他和韦莲司显然是单独相处过的，这个理由并不充分。

最大的原因，可能还是那份情感并不热烈，胡适那时已有婚约在身，他对韦莲司，即使萌生了一份基于敬意的爱意，也从未想过毁约另娶。韦莲司呢，在享受着胡适的膜拜时，也未必太把这个安徽乡下小子放在心上。

1917年，胡适听从母命返国完婚。

直到他离开之后，韦莲司才意识到自己已经不知不觉地爱上了他，很久以后，她在给他的信里坦露心扉："我想，我当时完全没有和你结婚的念头。然而，从许多方面说，我们在精神上根本就是早已结了婚。因此，你回国离我而去，我就整个儿崩溃了。"

分开后的那十年间，他们一直靠写信互通音讯。自从得知胡适的婚讯后，韦莲司就努力克制住自己的满怀热情，她曾经给他写过一封情书，却不敢寄出，信里写道："这让人痛心的后知后觉，在你离开之后，我发现我爱上了你，在你离开很久之后，我发现这爱，竟然深入骨髓，无法忘记。"

十年之后，他们重逢在绮色佳。今非昔比，此时，胡适已是名满天下的青年学者，而韦莲司为了照顾母亲，已从艺术圈退回到家庭，不再像年轻时那样意气风发。

他们之间仍有火花产生，只是仰慕者和被仰慕者的身份，彻底调了个个儿。她在他面前，不再那么个性飞扬，而是有点瑟缩，甚至有些自卑。在给他的信里，她把自己比成一只笼中的棕色小鸟，瑟缩在一个角落里，被一圈圈铁丝紧紧地匝在她凌乱的羽毛上，而胡适呢，在她笔下则是笼外的一只天堂鸟，有一双坚实的翅膀和一身柔丝般的羽毛。

也许是近情情更怯，她给他写信说："你是塑造了一个幻想中的女子，亲爱的适！就让我们继续以礼相待，否则你珍爱的女子就会消失了。"对于她来说，爱是想触碰又缩回手，因为害怕失去，所以不敢靠近，就像电影里所说的，喜欢就会放肆，而真正的爱是克制。

恰在这一天，胡适发出这样的信给她："在过去的悠长岁月里，我从未忘记过你……我要你知道，你给予我的是何等丰富……我们这样单纯的友谊是永远不会凋谢的。"

面对他的表白，她再也无法自持，决定全盘接受他的感情，她真诚地表示自己无意于破坏他的婚姻："我别无所求。你们都是一个不幸的制度下的牺牲品。她也许没感觉到，但你可是一清二楚。你有着诸多的机会和兴趣，而这在她是完全被剥夺的。"

1933年，胡适去芝加哥讲学，特意去看望了韦莲司，两人再度重聚，这在胡适和韦莲司的关系里具有里程碑式的意义。

在此之前,他们一直保持着柏拉图式的精神恋爱,直到此次,才成为了身心合一的情侣。

韦莲司渴望这次聚会,写信给胡适说:"你的来访,对我而言,有如饥者之于食。"欢会过后,韦莲司在分别后的信中说:"以前我们一直穿着这身正式的外衣,现在这件正式的外衣已经褪到地板上了——你已经全然地了解了我。"

韦莲司毫不掩饰地写道:"我想念你的身体,我更想念你在此的点点滴滴。我中有你,这个我,渴望着你中有我。"胡适则隐晦地回应道:"星期天美好的回忆将长留我心。昨晚我们在森林居所见到的景色是多么带有象征的意味啊!"

胡适离开绮色佳后,在丹佛、旧金山、波特兰、东京等地都给韦莲司写了信,在一张明信片上,他甚至深情地宣称:整个大陆也阻隔不了我对绮色佳的魂牵梦系!

尽管聚少离多,他们还是有过很多美妙时光,这些在胡适为韦莲司所写的《临江仙》中有细致的描绘:

隔树溪声细碎,迎人鸟唱纷哗。
共穿幽径趁溪斜。
我为君拾薖,君替我簪花。
更向水滨同坐,骄阳有树相遮。
语深浑不管昏鸦。
此时君与我,何处更容他?

胡适写这首词是1939年，那一年，韦莲司已经五十三岁了。她年轻时就不是美人，此时更是容颜衰老，可在他看来，她仍是他心灵上毫不逊色的对手，他们在一起，仍然有说不完的话，他爱慕她，本来就不是贪图她的容颜。

"此时君与我,何处更容他？"多么亲密的二人世界,在那一刻，胡适眼中只有韦莲司，哪怕她已年华老去。可惜的是，这样的时光太短暂了。更多的时候，他身边环绕着太多的莺莺燕燕，留给韦莲司的只有心之一角。

胡适为人温煦，对身边的女性总是呵护有加，据说他讲课时，看到女生坐在窗边，会体贴地走过去把窗户关好，以免女生被寒风吹。这种待人处世的方式，颇似贾宝玉，他的多情也似宝玉，光是围绕在其身边说得出名字的绯闻女友就有六个。

鲁迅评价宝黛恋情时曾说：黛玉情情，宝玉情不情。用来评价胡适与韦莲司的关系也颇为恰当，专情的那个是韦莲司，而见了妹妹就忘了姐姐的则是胡适。

胡适和表妹曹诚英曾经在烟霞洞里度过一段神仙岁月。在他的帮助下，曹诚英还来到了美国康奈尔大学读书，她把韦莲司视为好友，每当和胡适闹别扭时，还会向韦莲司诉说胡适的不是。

可想而知，此举对韦莲司的震动有多大。她原本以为自己是胡适婚外的唯一情人，没想到心上人的柔情蜜意，并不单单只是奉献给她。

她为之深深痛苦过，但还是选择了宽容和谅解，她给他写信说：

"我尊敬我跟你的关系,我认为那是神圣的;我也是用同样的态度,来看你跟其他爱着你的人的关系。"

所谓情到深处无怨尤,便是如此吧。

韦莲司并不是没有嫁人的机会,有一个名字缩写为R·S的男士向她求婚,她写信去询问胡适的意见。她写那封信,更多的只是试探他对她的态度,对于这位男士,她并没有多动心。胡适很快回了信,表示赞成。

这太令韦莲司伤心了。在他看来,胡适像要卸下担子,忙不迭地摆出了"朝后一闪的姿势"。这与韦莲司对胡适无怨无悔、一无所求的纯粹相去太远了,韦莲司生气地写道:"这是一个中年人的合同,不是一个真正的婚姻。""目前的情况可以令人(你)息肩,但却是极端的无趣。""你以为如果我结了婚,你就可以解脱了一个负担……我不是你的负担。我也从来没有要你跟我结婚。""我要告诉你,我是不会为了讨好你而去结婚的!!!"

自那以后,她矢志独身。

谈到独身的理由,她说:"我发现我之所以要保持无牵无挂的自由之身,是因为我希望把自己保留起来,在需要的时候,或许可以对你、对其他在东岸的朋友或者对老邓肯能有一丁点儿的用处。现在看来或许已经不需要或者不可能,但这是我对我的友谊的一个卑微的想象。这也就是说,如果我能在现在赢取一些时间跟自由,我就可以在必要的时候去用它。"

这个时候的韦莲司,彻底将对胡适的男女之情封锁了起来,自觉退回到老友的位置。出于强烈的自尊心,她不再奢望得到胡适全部的爱,可她仍然珍视和他的感情,并一如既往地无私奉献。

1953年,韦莲司知道江冬秀来到了美国,特意请了胡适夫妇来玩。二人在韦莲司的盛情款待下"很舒服"地住了二十七天,乃至两人最后竟"有点舍不得离开"了。韦莲司和江冬秀,这一对情敌相见不仅没有分外眼红,反而亲热得好似一对姐妹,令胡适大跌眼镜。

1959年12月11日,韦莲司在一封祝贺胡适生日的信里,提出用自己毕生积蓄的几千美金替胡适建立基金会,为胡适重要著作的英译和出版尽自己力所能及的力量,以此作为自己献给胡适六十八岁生日的礼物。胡适自觉担荷不起这样的深情,以"容我考虑"搪塞过去了。胡适去世后,韦莲司坚持把这笔钱给了他的儿子。

韦莲司为胡适所做的最后一件事,是整理胡适给她的书信。1965年,韦莲司把近五十年中胡适给她寄发的所有函件寄给远在台湾的江冬秀,这成了今天研究胡适不可或缺的资料。周质平评价说:"一个八十岁的老小姐,整理了伴着她度过了五十个年头的书信,而今她将这批书信寄给万里之外写信人的妻子。这里头有半个世纪的深情,五十年的寂寞。多少悲、欢、聚、散,都伴随着信件的寄出而成为空寂!"

这是一场并不对等的爱恋。韦莲司的无怨无悔,倒让人觉得并不可怜,而是可敬。

她用五十年的坚守和深情，换来了所有人对她的尊重，甚至包括江冬秀。胡适去世后，江冬秀主动提出，让韦莲司写一个小传收进胡适的资料里。这是一种认可，因为来自那位以剽悍闻名的胡夫人，所以显得更为难能可贵。

这两个女人，因为深爱着同一个男人，终于在胡适去世后达成了某种和解。

王映霞和郁达夫

有多少神仙眷侣，变成了人间怨偶

千百年来，人们一直热衷于歌颂爱情，可爱情的真相究竟是什么呢？

香港作家李碧华一针见血地写道："这便是爱情：大概一千万人之中，才有一双梁祝，才可以化蝶。其他的只化为蛾、蟑螂、蚊蚋、苍蝇、金龟子……就是化不成蝶，并无想象中之美丽。"

多么残酷又多么真实。

正因为如此，对那些差点儿化了蝶的情侣，人们总是格外惋惜。

郁达夫和王映霞，就是这么一对令人扼腕叹惜的情侣。他们曾经爱得热烈缠绵，同住在天堂杭州，赢得了"富春江上神仙侣"的美誉，一时羡煞了多少人，最终却劳燕分飞，互相怨怼，连分手也分得格外难看。

只差一点点，他们就能化成千万人中少有的那对蝶，这令人痛惜却又无可奈何，多少爱情佳话，最后都是败在这一点点上面。

他们曾是民国才子佳人的最佳范本。

郁达夫，民国最典型的旧式文人，"曾因酒醉鞭名马，生怕情多累美人"就是他的夫子自道，身兼李商隐的凄恻缠绵和杜牧的风流轻狂于一体，就算你没有读过他写的小说《沉沦》，一定也听说过"爱的苦闷""性的苦闷"，没错，这都是《沉沦》中提到的。

王映霞，真正百年难遇的美人，"天下女子数苏杭，苏杭女子数映霞"。民国太多所谓美女都是百闻不如一见，可见过王映霞照片的人，无不为之惊艳。如果真有绝代佳人的话，可能就是她这个样子：明眸皓齿，巧笑倩兮，美目盼兮。

如此佳丽，难怪郁达夫会对她一见钟情。

那是一个春风沉醉的夜晚，在上海马当路尚贤坊40号，郁达夫在留日同学孙百刚家中邂逅了虚岁二十的杭州姑娘王映霞，立刻坠入情网，从此迷醉于她的"明眸如水，一泓秋波"之内。

俗话说"文如其人"，看过郁达夫小说的人都知道，他下笔极为真实、坦荡，毫不掩饰自己的欲念与渴望。在《沉沦》中，他捶胸顿足地大声呼喊："知识我也不要，名誉我也不要……我所要求的就是爱情，若有一个妇人，无论她是美是丑，能真心实意地爱我，我也愿意为她死的，我所要求的就是异性的爱情！"

显然，发妻孙荃很难满足他在爱情上的需求，孙荃是母亲为他订下的妻子，对他百依百顺，而且很有才华。郁达夫曾将自己的旧体诗和孙荃的混在一起，署上自己的名字发表，读者竟难辨真假。他满足于妻子的温顺，爱慕她的才华，可内心渴望着的，仍然是能够让自己燃烧的激情。

王映霞，就是那个足以让他燃烧的人。

二十岁的王映霞，正当妙龄，毕业于杭州的省立女子师范学校，为当时杭州四大美人之首。她身材颀长，肌肤白嫩，有"荸荠白"的美名，据见过她的人描述，她体态匀称，增之一分则太肥，减之一分则太瘦，风姿绰约，尤其是一双眼睛，水汪汪的，勾人心魄。

据说她在家里常常不穿袜子，光脚趿着一双珠履，脚指甲染上鲜艳的蔻丹，显得丰若有余，柔若无骨。

郁达夫是个不会压抑感情的人，遇到王映霞当天，他就对孙伯刚说："我近来寂寞得跟在沙漠里一样，只希望出现一片绿洲。你看绿洲能出现吗？"

孙百刚当即察觉到，在席的王映霞正是他所指的"绿洲"。

为了接近这片"绿洲"，郁达夫使出了浑身解数。他先是天天去孙百刚家，期待能在那儿碰到王映霞，后来见孙家人烦了，只得天天在弄堂口等，希望能邂逅心中的佳人。他不顾囊中羞涩，天天邀请王映霞出去，不是去西餐厅，就是去电影院，只为了一亲芳泽。

认识王映霞的第六天，郁达夫听说她要回杭州，一早他就赶赴上海北站，在火车站扑了个空，心急如焚的他匆忙乘车前往杭州，一路上每个站点，他都车上车下四处寻找王映霞的倩影，但都落空了。到了杭州他在车站附近住下，每列火车到站他都守候在出站口，在熙熙攘攘的人流中寻找佳人的影子。漫长的一天过去了，王映霞始终没有出现，在返回上海的夜行车上，郁达夫泪流满面。

情书素来是文人追求女性的最佳武器，追求王映霞的那段日子，郁达夫发了狂似的给她写信。他情感丰富，每次写信时都忍不住边哭边写，在信中，他毫不掩饰地宣称："为你，我情愿把家庭、名誉、地位，甚而至于生命，也可以丢弃，我的爱你，总算是切而且挚了。"

正如信中所说，郁达夫多年来虽流连花丛，却从没有这样热烈地爱过一个人，他的爱如猛火电光，非烧尽自身不可，他说："这一次见到你，才经验到情爱的本质，才晓得很热烈地想要爱人的时候的心境是如何的紧张。此后，想永远地将你留置在我的心灵上膜拜。"

面对这位才子的热烈追求，王映霞犹豫过，也退缩过，曾经一再躲避他。可她躲到哪里，都躲不过他火热的情书攻势。追求她的人虽多，却没有一个像他这样热烈的，她渐渐心动了，毕竟，他也是她仰慕已久的才子，那个时代的女学生，谁没有读过他的《沉沦》呢？

她终于接受了他，说她也爱他，"之死靡他"，但要求他必须先离婚。

郁达夫回避了这个问题，只说已妥善安置好孙荃母子，并未明确提出离婚，这为他们的婚姻埋下了隐患。

同年，他将和王映霞恋爱后的日记交给出版社，出版了《日记九种》，里面有些细节十分精彩，连他与王映霞的接吻次数，以及哪一次亲吻得最长都详细记载了下来。

《日记九种》当时比《沉沦》还要畅销，他们的情事人尽皆知，此时，王映霞已骑虎难下，只得答应了郁达夫的求婚。

1928年2月，郁达夫和王映霞在上海结婚了。婚礼很简单，只摆了两桌喜宴，有研究者分析说，因为郁达夫怕犯重婚罪，不敢大张旗鼓。

这点让王映霞很不满，后来还在回忆录里说："我始终觉得，结婚仪式的隆重与否，关系到婚后的精神面貌至巨。"

尽管如此，两人婚后还是度过了几年的甜蜜时光。据他们的朋友楼适夷回忆，郁达夫婚后常常与王映霞一起散步，一次，朋友看到服装华丽、风姿绰约的少妇走在街上，身边跟着蓝布长衫、弱不禁风的瘦瘦男子，便笑话他说："是哪个公馆里的太太带着听差上街来了？"郁达夫听了不以为意，只是幸福地微笑。

在恋情的催化作用下，郁达夫的创作才华也得以重新焕发。在王映霞的帮助下，他出版了自己的作品集《寒灰集》。在序言中，郁达夫声称是王映霞爱的火焰复燃了他这堆已经行将熄灭的寒灰。

在两人热恋期间，郁达夫写给王映霞无数情诗，其中一首常为人传诵："朝来风色暗高楼，偕隐名山誓白头。好事只愁天妒我，为君先买五湖舟。"

这并不是诗人的一纸空诺，他没有钱为王映霞去买"五湖舟"，却在婚后倾囊而出，到处借贷，在西湖边买下一块地，亲自精心设计，砌了一栋房子，命名为"风雨茅庐"。他本来是个爱热闹的人，婚后却甘心从繁华的上海移居到较为冷清的杭州，只为了和爱妻一同偕隐于湖光山色之间。

这样的生活，令朋友们称羡不已，文豪柳亚子赠诗给郁达夫，称他们为"富春江上神仙侣"，一时传为佳话。

在杭州期间，是郁达夫一生最安稳的日子，他和王映霞生育了三个孩子，平常的日子就是逗逗小儿，写写文章，很少出去买醉。王映霞爱打牌，郁达夫总是亲自去邻居家叫她回家吃晚饭，正在兴头上的王映霞见了他，几乎没有一次不呵斥，他却总是笑嘻嘻地站在她背后，既不反驳，也不恼怒。

为了供妻子过上富足的生活，他四处奔波，在异乡倍加思念娇妻，在婚后的日记中写道："晚上独坐无聊，更作霞信，对她的思慕，如在初恋时期，真也不知什么原因。"

王映霞对这段生活也颇为满足，在回忆录里曾提到："当时，我们家庭每月的开支为银洋二百元，折合白米二十多石，可说是中等以上的家庭了。其中一百元用之于吃。物价便宜，银洋一元可以买一只大甲鱼，也可以买六十个鸡蛋，我家比鲁迅家吃得好。"

究竟是什么让这对朋友眼中的神仙眷侣，渐渐变成了一对怨偶呢？

首先，可能是双方的个性差异太大，用现在的话来说，这对夫妻根本就是"三观"不合的典型。除去郎才女貌的表象，在人生观、价值观、生活趣味各方面的取舍完全大相径庭。

郁达夫重感情，轻物质，身上颇有几分侠气，在朋友圈里是个相当仗义的人。据沈从文回忆，他年轻时落魄北京，是郁达夫深夜来访，请他在外面小馆子吃了一顿丰盛的晚餐，还把吃完饭所找的钱全部给了他。最令沈从文感动的是，郁达夫当时系着一条浅灰色的羊毛围巾，见他天寒衣单，连忙把围巾解了下来，亲自系在了他的颈上。

这样的逸事，郁达夫还有很多，他总是乐于帮助接触到的所有贫困青年，他说："我的力量太单薄了，可怜的朋友太多了，所以结果近来弄得我自家一条棉裤也没有。"这样的个性，对朋友是好事，家人却可能会受其所累。

王映霞呢，自幼锦衣玉食，身上则有重物质、爱享受的一面。有一次他们夫妇要赶回富阳为郁母做寿，王映霞坚持要借杭州市长的汽车，因为那时市长的汽车是"浙字第一号"，可见她爱慕虚荣的一面。

对郁达夫爱接济朋友，王映霞素来是不以为然的，她关心的，是如何让小家庭过上体面丰裕的生活，甚至在和郁达夫发生纷争时，她首先考虑的也是自己的实际利益。

一次他们吵了架，郁达夫负气返回老家，王映霞认为他还忘不了发妻，非常生气。王的祖父从杭州赶来给他们调解，要求郁达夫将自己作品的版权赠予王映霞。郁如其所愿，却为妻子此举感到锥心之痛。他们所住的"风雨茅庐"，房契上写的也是王映霞的名字,后来婚变后被王出售。

他们对婚姻的期许也并不一样。郁达夫需要一个较为安静的环境,能使他坐下来一心一意进行写作,而他娶的这位佳人,本质上并不适合做贤妻。王映霞生性爱热闹,喜欢打牌、聚会,参加酒宴、舞会,有时郁达夫由于要写作不能陪她去社交,她就一个人去,久而久之,产生了种种不愉快的纠纷。

其次,这两个人在性格上都有着重大的缺陷。

嫁给文人通常并不是件多么幸福的事,梁实秋就曾说过:"在历史里一个诗人似乎是神圣的,但是一个诗人在隔壁便是个笑话。"

郁达夫显然就是这类文人,他经常喝得烂醉如泥,醉卧朋友家里,甚至醉卧在马路上。王映霞劝他少喝一点,郁达夫却耍小孩脾气。有一年夏天,郁达夫因为王干涉他喝酒,一怒之下离家出走,独个儿喝得酩酊大醉,躺在黄浦江边码头上,身上的钱包及手腕上的手表都被小偷摸走。

这些闹剧,在郁达夫以前的婚姻里也常常上演,可王映霞不是孙荃,一次两次她还可以忍受,如此再三,她可不愿意再在这个一再让她失望的男人身上虚耗芳华。

虽然结了婚生了孩子,她仍然光彩照人,追求者众,时任浙江省教育厅长的许绍棣就是其中一位。两人在舞厅牌场上日久生情,渐渐有了暧昧。一天,郁达夫回到家中,不见王映霞,却发现了许绍棣给王映霞的几封信,便断定王映霞仿效卓文君与她的"司马相如"私奔了。他性格冲动,做出了一个令人吃惊的举动,在《大公报》刊登"寻人启事":"王映霞女士:鉴乱世男女离合本属寻常,汝与某君之关系及携去之细软衣饰金银款项契据等都不成问题,唯汝母及小孩想念甚殷,乞告以地址。郁达夫谨。"此举让王映霞几乎下不了台,后经朋友调解,才原谅了郁达夫。

后来蒋介石闻知此事后,不准许再与王有纠葛,王、许才断了联系。王映霞随郁达夫移居星岛,试图重修旧好。这个时候的他们,已经是彻彻底底的一对怨偶了,王映霞抱怨人生地不熟太过寂寞,郁达夫就反唇相讥:"你闲来无事,不知道找些白米来数数吗?"

裂痕已经发生了,叹的是,当事人双方这时并没有努力消弥裂痕,反而以各种极端的方式让裂痕越来越深,终至不可弥补。

1939年,郁达夫在香港《大风》旬刊上发表著名的《毁家诗纪》,包括有详细注释的十九首诗和一首词,诗词中公开披露了他与王映霞之间的情感恩怨,并将王映霞比作"逃妾"。

此举太过不近人情,等于公开和妻子撕破了脸,连好友郭沫若都评价说:"达夫把他们的纠纷作了一些诗词,发表在香港的某杂志上。那些诗词有好些可以称为绝唱,但我们设身处地替王映霞着想,那实在是令人难堪的事。自我暴露,在达夫仿佛是成为一种病态。说不定还要发挥他文学的想象力,构造出一些莫须有的家丑。公平地说,他实在是超越了限度,暴露自己是可以的,为什么还要暴露自己所爱的人?"

王映霞气愤至极,不甘示弱,以《一封长信的开始》和《请看事实》在报纸上公开回应,否认与许绍棣的关系,并竭力攻击郁达夫,说他是"蒙了人皮的兽心"。

都说要分手不出恶语,但又有几个人能做到呢?郁达夫和王映霞也只不过是两个自私的人,在这场公开对骂中,展现出了生而为人最自私最丑陋的一面。

令人叹息的是,即使最后落到了协议离婚的地步,他们心中其实仍然依恋于彼此。

王映霞回忆说:"我离开郁达夫,拎了一只小箱子走出了那幢房子。郁达夫也不送我出来,我知道他面子上还是放不下来。我真是一步三回头,当时我虽然怨他和恨他,但对他的感情仍割不断;我多么想出现奇迹:他突然从屋子里奔出来,夺下我的箱子,劝我回去,那就一切都改变了……"

她走后,郁达夫也曾写诗寄给她,"愁听灯前儿辈语,阿娘真个几时归。"

这一次,孩子们的"阿娘"是彻底不会回来了,他也彻底失去了他的佳人。之后,郁达夫留在星岛,年仅四十九岁就被暗杀。王映霞则另嫁他人,一直活到九十多岁。对于生命中的两个男人,王映霞在自传中做了一个比较中肯的评价:"如果没有前一个他(郁达夫),也许没有人知道我的名字,没有人会对我的生活感兴趣;如果没有后一个他(钟贤道),我的后半生也许仍漂泊不定。历史长河的流逝,淌平了我心头的爱和恨,留下的只是深深的怀念。"

回顾郁王情史,他们直到分开时,仍然还爱着对方,可有爱又如何？婚姻是一门妥协的艺术，除了需要爱之外，还需要责任、约束和包容。这对才子佳人，就像两个长不大的孩子，只想着用种种胡闹的行为来索取更多的宠爱，却在一味的任性中，终于弄丢了彼此。

冰心和吴文藻

从前慢,一生只够爱一个人

人们都说,婚姻是爱情的坟墓,可有位女作家却说:"婚姻不是爱情的坟墓,而是更亲密的灵肉合一的爱情的开始。"这位女作家就是冰心。

都说文如其人,其实有时文风也会折射出命运的样子,你是什么样的性格,就会写出什么样的文章,从而透露出你拥有什么样的命运。

如张爱玲的文章,冷静犀利,刻画世相入木三分,可见写作者的眼睛何其毒辣,结果一受情伤就早早看破红尘,在她那些清冷的文字里,早埋下了半生孤寂的伏笔。

冰心的文章,就像她的名字一样,晶莹澄澈,温婉雅致,读来让人如沐春风。这样的文章,可能思想上并不是那么有深度,却处处给人以美的感受。就像冰心的人一样,生得不算特别美,可气质娴静端庄,虽然不惊艳,看上去却很舒服。

冰心和吴文藻的爱情也是如此，没有跌宕起伏，不算荡气回肠，却在平淡相守中，给予了彼此一辈子的温暖。

和很多绯闻缠身的民国女作家不同，冰心是个感情上有些洁癖的人，推崇的是"一生只爱一个人"，她不希望嫁一个传统意义上的才子，因为她觉得才子多数性情浪漫，感情也不稳固，她曾说："我们的朋友有不少文艺界的人，其中有些人都很风流，对于钦慕他们的女读者，常常表示了很随便和不严肃的态度和行为。"

有了这种爱情观，我们就不难理解，冰心为何终生都保持了"零绯闻"的感情状况。她选择的丈夫吴文藻，也是个从不拈惹花花草草的人，他们将一生的爱都封存起来，珍重地交给了对方。

他们的爱情，始于游轮上的一次"错遇"。

1923年8月17日，他们两人碰巧同乘美国邮轮"杰克逊号"赴美留学。冰心在贝满女中的同学吴搂梅事前已自费赴美，来信让她在船上找自己的弟弟，也是清华学校的留美学生吴卓。上船第二天，冰心请燕京同学许地山代寻吴卓，却阴差阳错地找来了吴文藻。此时冰心正和燕京同学玩丢沙袋游戏，只好将错就错地请吴文藻参加。

二十出头的冰心，恰是风头正盛的时候，她写的诗歌引领了文坛风潮，被称为"繁星体""春水体"。她出身于军官家庭，身上有种"静如止水，穆如秋风"的气质，看起来是有些高傲的。

在清华毕业的吴文藻，同样是个高傲的人，同船的女同学形容他"个子高高的，走路都昂着头，不理睬人，可傲气啦"，据说人家给他介绍过好几位女朋友,他一个也相不上。

果然,才一见面,这个仪表堂堂又十分高傲的小伙子,就狠狠挫了冰心的傲气。

两人倚在栏杆上闲聊,吴文藻问冰心将在美国学习什么专业,冰心回答说学文学,并说想选读一些有关十九世纪英国诗人的课程时,吴文藻就列举了几本著名的英、美评论家评论拜伦和雪莱的著作,问冰心是否读过,冰心略显尴尬地答道没有。

吴文藻相当严肃地告诫她:"如果你不趁在国外的时间多看一些课外书,那么这次到美国就是白来了!"

这话深深地刺痛了冰心,要知道,当时在船上相识的人,一般都听过她的大名,见面无不说"久仰久仰",像吴文藻这样初次见面,就肯坦率进言的,还是第一个。冰心不是那种小心眼的女孩子,很快把他当成了人生中第一个净友、畏友。

吴文藻这次去美国,攻读的是社会学,他虽然爱好文学,却并无文艺圈男人常有的"风流",这让冰心见他第一面,就留下了很好的印象。

到了美国后,令冰心想不到的是,在船上杀了她威风的吴文藻开始频频给她寄书。很多年以后,她仍然记得当初的每一个细节:

"奇怪,这个骄傲的小伙子隔几天便给我寄一本文艺杂志。又过了一段时间,在杂志里面夹一个小条。再过些天,小条变成了宽条,都是用英文书写得整整齐齐。再过若干时候,写来了信,投来了情书。"

就在书信来往中，两颗高傲的心慢慢贴近了，他们都不知不觉做了爱情的俘虏，只是一时还没有挑开那层遮掩在表面的薄纱。

留学期间，梁实秋等人发起演出戏剧《琵琶记》，冰心在戏中扮演牛小姐，她高兴极了，给吴文藻寄了一张入场券。没想到吴文藻这时有点怯场，推说功课忙来不了。到了演出那天，冰心满意地看到，他还是来了，还在戏后和几个男同学一起去探望了她。

同年夏天，冰心独自到绮色佳习法文，却发现吴文藻也去了，同样也是补习法文。这到底只是巧合，还是他刻意接近她？这些都不为人知了，人们知道的是，在绮色佳期间，他们已经确定了恋爱关系。冰心在文中称自己和吴文藻成了"画中人""诗中人"。在这如诗如画的人间仙境中，他们每当求学之余便结伴在林中散步，在曲径通幽处拍照留影，吴文藻在一次湖上划船时，向冰心表明了心迹。

各自回到自己的学校后，他们写信写得更频繁了，吴文藻寄给冰心一盒很讲究的信纸，上面印有冰心姓名的缩写英文字母。

一个冬夜，冰心收到吴文藻一封充满着怀念之情的信，觉得在孤寂的宿屋里念不下去书了，她就披上大衣，走下楼去，想到图书馆人多的地方去读，不料在楼外的雪地上却看见满地枯枝纵横，像是写着"相思"两字，于是就有了她满怀深情的那首小诗《相思》：

避开相思，

> 披上衷儿，
> 走出灯明人静的屋子。
> 小径里冷月相窥，
> 枯枝——在雪地上
> 又纵横地写遍了相思！

汉字真是很有趣的，"相"字旁的"目"字和"思"字上面的"田"字，都是横平竖直的，所以雪地上的枯枝会构成"相思"两字。若是用弯弯曲曲的英文字母，就写不出来了。

只有满腹相思的人，才会看到地上的枯枝，就联想起相思二字吧。就像张爱玲在文章中所说的那样，看到一件事，明明不相干，七拐八拐，都会想起他来。

冰心到底是矜持的，即使在热恋之中，也没有把这首情诗寄给吴文藻，只是后来和一个外国朋友聊起中国诗词时，才提到自己写过这首诗。

冰心离美回国前，吴文藻给她父母写了一封长信，并附了一张相片，叫冰心带回给她父母。他希望通过这封情真意切的信说服冰心父母，同意将冰心许配给他。

这封信先以"道可道，非常道；名可名，非常名"，论述爱的哲学意义，稍露对冰心的爱慕之意。信中赞美冰心"是一位新思想旧道德兼备的完人"。她的婚恋观，如宗教般神圣；而他自己也不失表明，"爱了一个人，即永久不改变"，即"为不朽的爱了"。

信中，吴文藻无比真诚地说："我自知德薄能鲜，原不该钟情于令爱。可是爱美是人之常情。我心眼的视线，早已被她的人格的美所吸引。我激发的心灵，早已向她的精神的美求寄托……我由佩服而恋慕，由恋慕而挚爱，由挚爱而求婚，这期间却是满蕴着真诚。"

冰心的父母，本来就是开明的人，爱女心切的他们感受到了吴文藻的一片赤诚，很快答应了他们的婚事。

双亲同意后，吴文藻和冰心在燕京大学的未名湖畔临湖轩举行了简单的婚礼，招待客人费用仅为三四十元。新婚之夜在北平西郊大觉寺一间空房里度过，临时洞房除去自己带着的两张帆布床外，只有一张三条腿的小桌——另一只脚是用碎砖垫起的。

吴文藻是个专注于事业的人，冰心总是用"拙口笨舌"来形容他。她曾撰文称：

说起我和文藻，真是"隔行如隔山"，他整天在书房里埋头写些什么，和学生们滔滔不绝地谈些什么，我都不知道……他的《自传》，这篇将近九千字的自传里讲的是，他自有生以来，进的什么学校，读的什么功课，从哪位教师受业，写的什么文章，交的什么朋友……提到我的地方，只有两处：我们何时相识，何时结婚，短短的几句！

可见吴文藻是颇有几分呆气的，这个书呆子，在婚后还闹了几次笑话。

冰心留美期间，曾给父母寄回两张照片。冰心母亲去世后，吴文藻便从岳丈那里要来那张大的,摆在自己书桌上。冰心问:"你真的是要每天看一眼呢,还只是一种摆设?"吴答:"当然是每天要看。"有一天吴先生上课去了,冰心将影星阮玲玉的照片换进相框里。过了几天,吴先生没有理会,冰心提醒他看看相框里的照片,他看了才笑着把相片换了下来,说:"你何必开这样的玩笑?"

还有一次是一个阳光灿烂的春日上午,一家人都在楼前赏花,婆母让冰心把吴文藻从书房里叫出来。他出来站在丁香树前目光茫然地问:"这是什么花?"冰心忍笑回答:"这是香丁。"他点了点头说:"呵,香丁。"大家听了都大笑起来。

又有一次,吴文藻随冰心去城内看岳父,冰心让他上街为孩子买点心萨其马。由于孩子平时不会说全名,一般只说"马"。吴文藻到了点心铺,也只说买"马"。冰心还让吴先生买一件双丝葛的夹袍面子送父亲,他到绸布店却说要买羽毛纱。幸亏那个店平日和谢家有往来,就打电话问冰心:"你要买一丈多羽毛纱做什么?"谢家人听后都大笑起来。冰心只好说:"他真是个傻姑爷。"冰心父亲笑道:"这傻姑爷可不是我替你挑的。"

吴文藻有次请清华校长、西南联大校常务委员会主席梅贻琦等"老清华"到他家度周末。冰心就将吴文藻闹的那些笑话写成一首宝塔诗,取笑"傻姑爷"之所以如此,实在是出自清华的教育,诗曰:

马

香丁

羽毛纱

样样都差

傻姑爷到家

说起真是笑话

教育原来在清华

梅贻琦笑着在后面加了两句：

冰心女士眼力不佳

书呆子怎配得交际花

当时在座的清华同学都笑得很得意，冰心只好承认是"作法自毙"。

实际上，吴文藻除了有些"呆"外，还是很疼爱冰心的。抗战期间，他们从北平逃走时，什么都没带，就带了一张庞大笨重的弹簧床，从北平搬到昆明，从昆明搬到歌乐山，吴文藻对梁实秋说："没有这样的床，冰心实在是睡不着觉。"

反右运动时，吴文藻被错划为右派，在他的罪名中，有"反党反社会主义"一条，在让他写检查材料时，他十分认真地苦苦地挖他的这种思想，写了许多张纸。他一面痛苦地"挖"着，一面用迷茫和疑惑的眼光看着冰心说,"我若是反党反社会主义,我到国外去反好了,何必千辛万苦地借赴美的名义回到祖国来反呢?"

冰心回忆说,她当时也和他一样"感到委屈和沉闷",但没有说出她的想法,她只鼓励他好好地"挖",因为她深深知道,他这个绝顶认真的人,你要是在他心里引起疑云,他心思就更乱了。

正是有了冰心的信任和支持,书生气很重的吴文藻终于熬过了那场动荡,没有被诬蔑和嘲笑打垮。

人生的道路,到底是平坦的少,崎岖的多。如何才能做到不离不弃呢?还是冰心说得好:

"在平坦的道路上,携手同行的时候,周围有和暖的春风,头上有明净的秋月。两颗心充分地享受着宁静柔畅的'琴瑟和鸣'的音乐。在坎坷的路上,扶掖而行的时候,要坚忍地咽下各自的冤抑和痛苦,在荆棘遍地的路上,互慰互勉,相濡以沫。"

"四人帮"被粉碎后,吴文藻有心为国家出力,但已年老体弱,不久就因病辞世了。临终前,还向陪伴了五十六年的妻子念叨着:"等我死后,我们的遗骨再一同投海,也是'死同穴'的意思吧。"

十五年后,享年九十九岁的世纪老人冰心去世,应冰心的遗愿,她与先生吴文藻两人骨灰合葬,骨灰盒上并排写着:江阴吴文藻,长乐谢婉莹。

生同衾,死同穴,他们用漫长的一辈子,坚定地维护了"一生一世一双人"的爱情理念。

在众多悼念冰心的文章中,我唯独钟爱金庸悼念她所作的那首无题诗：

　　六十年前，我是诵读冰心阿姨那本毛边书面的小读者，
　　今天，小读者成了老读者，心中仍缓缓流过你书上的那些句子。
　　在蓝天下，碧海上，闪烁的星星下，大船的甲板上，
　　你母亲抱着你，你出一身大汗，病好了。
　　我为你欣喜，感觉到了自己母亲的爱，
　　我也生过大病，妈妈也这样抱过我，
　　六十年来，在艰难困苦的时候，我时时想到你那些温馨的语句，
　　听说你病了，在医院里，大家送鲜花，送爱，送关怀给你，
　　可是没有你妈妈来抱你了，
　　于是你倦了，你去找妈妈了，投入她温暖的怀抱。
　　我们失去了你，但是你找到了亲爱的妈妈。
　　在蓝天下，星光下，在碧海上，你在妈妈的怀里，
　　带着我们千千万万小读者，大读者，老读者的爱。

　　天上，不仅有冰心亲爱的妈妈，还有陪伴了她一辈子的爱人。在蓝天下、碧海上、在闪烁的星星下，他在她的身旁，永远也不再分离。

石评梅和高君宇

最心痛是爱得太迟

曾经以为,"生不同衾,死亦同穴"只是属于梁山伯和祝英台的凄美传说,意想不到的是,民国年间,居然有一对恋人将传说化为现实,演绎了一出现实版的"化蝶"。

走进北京郊区的陶然亭,在芳草萋萋的草地中,并排矗立着两座洁白的墓碑,这里便是著名的"高石墓"。墓旁不远处是高君宇和石评梅的雕像,相依相偎着望向远方。

这对生前未能坦然相爱的恋人,死后终于并葬一处,他们的故事,犹如一曲凄婉的小提琴协奏曲《梁祝》回响在世间。

爱情里,最痛苦的莫过于永远失去对方时,才察觉到自己已深深地爱上了那个人。梁山伯也好,石评梅也好,都是情爱关系里的后知后觉者。他们的迟疑和等待,让原本可以圆满的姻缘成了遗憾。

高君宇和石评梅,这两个人的生命都很短暂,他们犹如绚丽的烟火，划过天空后就迅速坠落，刹那间交汇的火光，却一直为世人所惊叹。

如今熟知石评梅的人已经不多了，可在当年，她是和冰心、林徽因等齐名的才女。这是个爱梅成痴的女孩，从小就喜欢画梅花，她笔下的梅花高洁飘逸，深具梅花雅韵，连平时写字，她都要用印有梅花图案和梅花诗句的"梅花笺"。

因为爱慕梅花的雅洁，她给自己取了笔名叫"评梅"。这个从小就爱画梅、咏梅的女孩子，就像一枝春雪中的寒梅，染上了梅花的高洁、雅趣，也形成了过于冷淡、孤芳自赏的个性。

石评梅长得并不算美，但气质相当特别，两弯黛眉总是微微蹙起，一双眼睛常常泛着泪光，这未免会让人想到《红楼梦》中林黛玉的长相：两弯似蹙非蹙笼烟眉，一双似泣非泣含情目。好友庐隐昵称她为"颦儿"，她自己也曾取过"梦黛"的笔名。

了解这些，可能对石评梅的性格会有更充分的认识。她的多愁善感，她的过分清高，她的独身主义，都可以从"爱梅"和"似黛"中找到源头。

但石评梅身上还有着新青年追求进步的一面，据说她在太原女子师范学校读书时，阎锡山曾经想聘她为儿媳，后来见她在学校带头参加女师风潮，编写进步报刊，还顶撞过来校训话的阎锡山夫人，一怒之下就把她开除了。后因惜其才学，才恢复了她的学籍。

一心想要追求进步的石评梅，在父亲的支持下，考入北京女子高等师范学校继续深造。那时,新思潮正席卷全国,北京作为文化政治中心,自然首当其冲。这一年,"五四"运动爆发了,宛如一声春雷,响彻在石评梅这样的进步青年心头。

令她意想不到的是,自己居然很快就会和"五四"青年有了近距离的接触。那是在北京山西同乡会的会所,她遇到了一个青年,在会所大谈学生运动的意义,显得格外意气风发,此人正是高君宇,也是"五四"运动的学生领导者之一。

高君宇也是山西人,就读于北京大学,已经是著名的学生领袖,后来跟随李大钊、孙中山,成了一名职业革命者。

除了革命者的身份,其实高君宇还是一个诗人,写得一手典雅的古体诗词。他和石评梅来自同样的地方,有着相似的爱好,都是爱好文艺的进步青年,这样的两个人,自然而然会被对方所吸引。加上高君宇原本是石评梅父亲的学生,她曾多次听见父亲提起他,等到见了真人,自然多了一份亲切感。

可惜的是,两个对的人,却相遇在错误的时间。

高君宇稍微迟到了一点点,在他之前,石评梅已经有了心仪的人。她的初恋叫吴天放,在一家报社任记者,是石父委托照顾她的人。吴天放风流倜傥,待她无微不至,少女的心很快就被他俘虏了。

她万万没想到,和自己你侬我侬的吴天放,居然隐瞒了家中早有妻儿的事实。得知真相后,她不忍破坏一个健全的家庭,毅然与吴天放分手,可曾经完整的心却骤然间破裂,再也无法恢复到以前。

痛定思痛后，石评梅在日记中郑重地写下了誓词：我绝不再恋爱，绝不结婚！今生今世抱独身主义！我可以和任何青年来往，但决不再爱。如果谁想爱我，只能在我的独身主义的利剑面前，陷在永远痛苦的深渊里！

这朵绽放在枝头的梅花，刚刚接触到一点点春的气息，旋即被冰雪覆盖，只能以一剪寒梅的姿态，傲然挺立于风霜之中，全然封闭了自己的内心，再也不肯吐露半点芬芳。

从那以后，石评梅仿佛一夜之间就变得沉默了，她不再像以前那样频频参加集会活动，而是退回到自己的小世界之中。从女高师毕业后，她到了师范附中任教，住在一座废弃的古庙里。

石评梅居住的小屋经过她的巧手布置，焕发出了全新的美感。门口栽下了菊花和红梅，墙上挂着一帧李清照的画像，门前一张淡红色的梅花笺上，印着石评梅亲笔写就的两个字——梅窠。

就是在这里，石评梅和好友庐隐、苏雪林、冯沅君等人诗酒唱和、高歌长吟，过着宛如林逋梅妻鹤子式的风雅生活。也是在这里，她开始和高君宇鸿雁传书，谱就了一段超越生死的哀歌绝恋。

高君宇对这个清丽绝俗的小老乡，从开始就萌发了一丝难以割舍的情愫，当听闻她失恋的消息后，心疼的同时也决定对她展开热烈的追求。

一个宁静的秋夜，在梅窠中独自看书的石评梅收到了一封信，信里只有一张白纸和一片红叶，红叶背面写有两行字：

满山秋色关不住,

一片红叶寄相思。

落款人写着天辛(高君宇的字)。

其时,高君宇因积劳成疾,正在西山碧云寺疗养。当秋天漫山红遍时,他精心挑选了一片最红最艳的枫叶,寄给了一心倾慕的女孩。

看到这片叶子,石评梅的心情很复杂,既感动于高君宇的深情,又无力从失恋的痛苦中解脱出来。思来想去,她提笔在红叶的另一面写下了拒绝的话:枯萎的花篮不敢承受这鲜红的叶儿。

第二天,她仍然用那张白纸将叶子包好,寄给了高君宇。

几天后,她又收到了高君宇的一封信,在信中,他不但没有指责她绝情,还坦白地告诉她,自己如果爱了她便是一种不忠实的行为,红叶寄情,也是"极不检点的一次"。

原来,高君宇的父亲在家中早已为他娶了一个妻子,但自己从未承认过这桩婚姻,他坦诚地说:"我不将父母的桎梏除下,将宫廷打扫干净,又将何以迎伊?"

高君宇的赤诚令石评梅极为感动,感动之余,她不禁又想起了同样是已有妻子的吴天放,为什么相同的处境,一个如此坦白,处处都为自己着想,一个如此卑劣,只想着欺骗自己呢?

初恋把她伤得太深了,以至于她杯弓蛇影,不敢轻易去爱,在日记中,她这样写道:"我如今已是情场逃囚,经历多少苦痛才超拔得出的沉溺者。"

纠结中的石评梅病倒了,自从她生病后,高君宇毫不避嫌,天天都来照顾她,为了给她配药,好几次在深夜里跑到很远的药店里。他把自己的一颗心都捧给了她,甚至在返回山西执行革命任务的前夕,还不顾危险乔装去梅窠看她。

临走时,他送给她一个名字:Bovia。这个词的原义是"强有力的",高君宇将她送给石评梅,是希望她可以做一个内心强大勇敢的人。此后,石评梅就常常用它的译文"波微"为名,给他写信。

此次回山西,高君宇是带着两个目的回去的,一是执行任务,二是解除婚姻。经过一番冗长的谈判,妻子终于同意了离婚。他欣喜若狂地给石评梅写了一封信,告诉她自己终于解除了桎梏,可以光明正大迎接她的到来了。由于想说的话太多,那封信足足写了二十页。

令他失望的是,石评梅又一次拒绝了他,她回信说:"我可以做你唯一的知己,做以事业为伴共度此生的同志。让我们保持冰雪友谊吧,去建筑一个富丽辉煌的生命!"

看了她的信后,高君宇是真的有些绝望了,他想要的,可不是什么冰雪友谊,而是同等的热情。他有些哀怨地回复石评梅说:"只会答复人家不需要的答复,只会与人家订不需要的约束。"

可高君宇的性格极其坚韧,不是那么容易放弃的。一次平息商团叛乱后,他的手受了伤,劫后余生,他最牵挂的,还是远方的佳人。于是他买了两枚洁白的象牙戒指,大的戴在自己手指上,小的寄给了石评梅。

石评梅这次总算接受了象牙戒指,但她的理由是"我们用这洁白坚固的象牙戒指来纪念我们的冰雪友谊吧",她还是不肯拿他当爱侣。

高君宇返回北京后,不幸病倒了。这次换石评梅来照顾她,每次来的时候,她都会带来一束红梅。有次他正好睡着了,醒来后看见她留下的红梅和纸条,上面写着"当梅香唤醒你的时候,我曾在你的梦中来过"。

尽管如此,她还是若即若离,不肯敞开心扉接受他,有一次,高君宇忽然问站在床前的石评梅:"地球上最远的地方是哪里呢?"

"便是我站着的地方。"她不假思索地回答。

病床上的他,听了这话伤心欲绝,咯血更加厉害了。这冰雪一样的"友谊",给予他的是冰雪般的严寒啊。

他恨不得掏出自己的心给她看,再次表明心迹说:"你还有什么不放心,我是飞入你手心的雪花,在你面前我没有自己。你所愿,我愿赴汤蹈火以寻求,你所不愿,我愿赴汤蹈火以避免。"

面对他的坚决,石评梅却始终在彷徨,始终在犹豫。她仿佛已经着了魔,一心奉行独身主义,明明已经爱了,却还是不敢去爱。是害怕受伤,还是难忘旧情?没有人能猜透她的心思。

高君宇大病初愈后,在一个雪后天晴的日子里,和石评梅相约去陶然亭。

这个地方他们来了很多次,这一次在银装素裹之下的陶然亭显得格外美,高君宇忽然有些凄凉地对石评梅说:"评梅,以后如果我死了,你就把我葬在这儿吧。我知道,我是生也孤零,死也孤零。"

听了这话,石评梅忽然有了一种不祥的预感。

不久后,高君宇不顾医生让他静养的劝告,毅然南下奔波。他这样不爱惜身体,除了对事业的热忱外,是否也是一场因绝望而导致的自我放逐?这一切,都不得而知了。

归来后,他因急性盲肠炎入院,三天就瘦得皮包骨头。当石评梅在医院里见到他时,他已经形销骨立。

她难过得泪如泉涌,他则和往常一样,握着她的手微笑着说:"评梅,你的眼泪什么时候才能流完呢?"

此刻的石评梅,终于抛却了一切的顾虑,不再坚持"冰雪友谊"了,她哭倒在他的病榻前说:"现在我将我这颗心双手献在你面前,我愿它永久用你的鲜血滋养,用你的热泪灌溉。"

然而,她的回应实在来得太晚了。

他温柔地拒绝了她,"一颗心的颁赐,不是病和死可以换来的,我也不肯用病和死换你那颗本不愿给的心。我现在并不希望得到你的怜恤同情,我只让你知道世界上有我是最敬爱你的。"

这是他留给她最后的话,高君宇去世前一晚,石评梅梦见他一身黑衣,手持一枝梅花,含笑向她走来。翌日,当她赶到医院时,他已经含恨去世了。

她倒在他病床前痛哭，这次，他却再也无法像以往那样，怜惜地为她拭去眼泪。

在整理他的遗物时，她找到了当初退回给他的那片红叶，叶子已经枯萎了，他亲手书写的字迹仍宛然，她悔恨交加，多么希望他能够活过来，亲耳听见她的誓言，"上帝允许我的祈求罢！我生前拒绝了他的，我在他死后依然承受他。"红叶纵然能去了又来，但是他呢，是永远不能再来了！

她遵照他的遗愿，把他葬在了陶然亭畔。伴着他的遗体一同下葬的，还有她的一张照片，以及那枚洁白坚固的象牙戒指。

在他的墓碑上，刻着她亲自书写的碑文："我是宝剑，我是火花。我愿生如闪电之耀亮，我愿死如彗星之迅忽。"

这是高君宇生前自题相片的几句话，死后她替他书写在碑上。她在碑文里说："君宇，我无力挽住你迅忽如彗星之生命，我只有把剩下的泪流到你坟头，直到我不能来看你的时候。"

林妹妹把一生的眼泪都还给了宝玉，宛如黛玉复生的石评梅则以余生的眼泪，来怀念逝去的恋人高君宇。

高君宇去世后，也有一些人想追求石评梅，但她从来都不为所动，有一次，她对一位追求者说："宇死后我更不敢在人间有所希望。我只祈求上帝容许我忏悔，忏悔自己的过错，一直到死的时候！快了，我快要到那荒寂的旷野里，去伴我那多情的宇。"

上天仿佛听到了她的祈求，三年后，她因脑膜炎发作，猝然离世。和高君宇逝世在同一家医院，同一间病房。

庐隐等人收拾她的遗物时,在她枕边的日记本里发现了一张高君宇的照片和当年那片寄情的红叶,日记本的扉页上写着她的遗愿:

生前未能相依共处,
死后愿得并葬荒丘。

好友们潸然泪下,将她安葬在高君宇的墓旁,她的手指上,还戴着他送她的那枚象牙戒指。这对苦命的恋人,终于在另一个世界相伴了,从此以后,他们将共享陶然亭的清风明月。

如果相爱的情侣死后可以化蝶的话,那么他们一定也化成了一对翩跹的蝴蝶吧。

可石评梅的遗憾,绝不会因此而减少。高君宇死后,她是那么悔恨交加,后悔自己太过脆弱,后悔总是犹豫不决,后悔这一生爱得太迟。

世界上最心痛的事,莫过于爱得太迟。所以你若想爱的时候,就大胆去爱吧,就像没有受过伤害那样。死后一起化蝶再美好,也比不上生前日日与君相伴。

杨之华和瞿秋白

一次最完美的离婚，成就了一段红色奇缘。

日剧《最完美的离婚》曾经火爆荧屏，有些人可能会诧异，都闹到离婚这个地步了，如何才能离得完美呢？世上的情感圣经，大多是教人们如何爱得圆满，却很少教人如何才能分得体面。

其实早在一千多年前的唐朝，已经有好聚好散的离婚范例了。敦煌山洞曾经出土过一份"放妻协议"（唐时称离婚为放妻），内容如下："凡为夫妇之因，前世三生结缘，始配今生为夫妇。若结缘不合，比是冤家，故来相对；即以二心不同，难归一意，快会及诸亲，各还本道。愿妻娘子相离之后，重梳婵鬓，美扫蛾眉，巧呈窈窕之姿，选聘高官之主。解怨释结，更莫相憎。一别两宽，各生欢喜。"

这份协议，堪称离婚协议中的典范，离婚的男主角不仅不怨恨女主角，还宽容地祝福她另择高官再嫁。

民国年间有一位奇男子，心胸比唐朝这位离婚男主角还要开阔，当妻子爱上他人时，他洒脱地放手让她走，更神奇的是，还和妻子爱上的男人结为了好友。这就是民国年间轰动一时的沈剑龙杨之华离婚事件。

1924年11月27、28、29日这三天，《民国日报》上连续三天登出了三则"启事"，全文如下——

  杨之华沈剑龙启事：自一九二四年十一月十八日起，我们正式脱离恋爱的关系。

  瞿秋白杨之华启事：自一九二四年十一月十八日起，我们正式结合恋爱的关系。

  沈剑龙瞿秋白启事：自一九二四年十一月十八日起，我们正式结合朋友的关系。

这三则启事看起来有点绕，用一句话来概括就是：杨之华与沈剑龙离婚，再嫁给瞿秋白。

当事三方之坦白之诚挚，堪称惊世骇俗，难怪会在当时的上海滩引起轰动。多少离婚夫妇以反目收场，沈剑龙和杨之华却成功地做到了"一别两宽、各生欢喜"。

这场民国年间最完美的离婚，成就了一对著名的恋人——"秋之白华"，即瞿秋白和杨之华，他们的名字，后来因电影《秋之白华》而更加广为人知。

"秋之白华"的旷世奇缘来得太不容易了。

瞿秋白在遇见杨之华前，有过一次短暂的婚姻。

他的第一任妻子叫王剑虹，名字取"美人如玉剑如虹"之意，是位货真价实的美人，也是个气势如虹的革命青年。可惜的是，美人太过体弱，新婚不久后就染上了严重的肺病，尽管瞿秋白全心全意地呵护她，她还是在与他结婚仅仅七个月后就香消玉殒了。

临终前，妻子留下这样的遗书："我那么温柔专一地爱过你，我一点也不愿使你难过悲伤。愿上帝给你另一个人，也像我爱你一样。"

多么温柔善良的好姑娘啊。她去世后，瞿秋白伤心欲绝，曾在给她好友丁玲的信中说，自己的心也随爱妻而去了。幸好上帝很快如王剑虹所愿，给了她深爱的丈夫另一个人，代替她在尘世间继续爱他。

这个人就是杨之华。

杨之华，浙江萧山人，身具江南女子的灵秀与聪慧，从小就是当地知名的美人。丁玲说她"长得很美"，万亚刚说她"长得非常漂亮，有上大校花之称"。二十岁出头的时候，就嫁给了当地有名的士绅沈玄庐之子沈剑龙。

沈剑龙是个典型的旧式公子，喜诗词、音乐。公子配佳人，夫妻间也曾甜甜蜜蜜。两人都不想依赖家庭，立志独立谋生，于是，杨之华就随沈剑龙来到了上海。

没想到去了上海后，沈剑龙经不起十里洋场的诱惑，并没有像杨之华期待的那样追求进步，而是和朋友一起沉迷于享乐，过着公子哥儿式的生活。

杨之华生下女儿后,取名独伊,意思是只生这一个,决不再生,可见对丈夫的怨愤之情。

尽管已经嫁为人妇,杨之华骨子里还流淌着激情的热血。在上海,她积极参加社会活动,结识了向警予、王剑虹等革命女性,并在1923年考上了上海大学。

就是在上海大学,杨之华认识了瞿秋白。当时,他正任上海大学社会学系的主任,在学生中声望很高。

瞿秋白瘦高个儿,戴一副眼镜,文质彬彬,风度优雅,极富男性魅力。丁玲曾经撰文描述她心目中的瞿秋白,称他是"最好的教员"。说他课后谈话的面很宽,讲希腊、罗马,讲文艺复兴,也讲唐宋元明的文化。和学生们在一起时,感觉他把学生当成同游者,而不是对着一群小孩讲故事,他总是和学生一同游历上下古今、东南西北。

杨之华第一次听瞿秋白的课,就留下了深刻的印象。她回忆说:"从王剑虹病重到去世,我们只看出他似乎有些心事重重,与平时不同,他从没有漏过会或者缺过课,并且仍然讲得那么丰富、生动。这时,我们对于秋白也了解了……"

瞿秋白对杨之华的情愫,应该是在妻子王剑虹逝世之后才有的。连一贯对他颇有微词的丁玲都说,王剑虹至死也"没有失恋",因为"秋白是在她死后才同杨之华同志恋爱的,这是无可非议的"。

瞿秋白和杨之华之所以越走越近,说到底,还是这两个人都有着共同的志向，他们都向往着能做出一番轰轰烈烈的革命事业，哪怕为之牺牲也在所不辞。

当时，瞿秋白是中共上海大学的支部书记，需要接纳很多的有志青年加入组织。杨之华作为学生中的积极分子，自然吸引了他的注意。他介绍她入党，并称赞她是一位不可多得的坚强女性。

两颗心就在不知不觉中靠拢了，杨之华察觉到瞿秋白对自己的感情有些异样，一时只想要逃避，于是请了假，从上海大学逃回到了萧山的母亲家。

无论放在任何一个环境，这段恋情都是惊世骇俗的，不仅是师生恋，还是三角恋。瞿秋白何尝不感到彷徨呢？毕竟，他爱上了自己的女学生，而且还是个结了婚的女学生。他一遍遍问自己：既然沈剑龙并不珍惜她，我为何不能爱她？既然我爱她，为何不能向她表白？

经过一番痛苦的思索后，他终于决定诚实面对自己的内心，毅然追随杨之华的脚步来到了萧山。

巧的是，杨之华的哥哥和沈剑龙是同学，见到这种情况，就把沈剑龙也请到家里来，想让他们当面锣对面鼓地说清楚。

于是，史上最奇特的一次关于婚姻的谈判开始了。

关于这场谈判，比杨之华小十一岁的妹妹杨之英印象很深，她后来在《纪念我的姐姐杨之华》一文中写道："我第一次见到秋白是1924年11月，姐姐同他一起到萧山家中来的时候，当时姐姐已决定与沈剑龙离婚，她和秋白来家就是为商议这件事的。秋白给我的印象是文质彬彬，说话斯文，十分有礼貌。他们到家后，立即派人把沈剑龙请来，三个人关在房间里谈了差不多一整夜。临别时，我看他们说话都心平气和，十分冷静，猜想姐姐与沈剑龙离婚而和秋白结婚的事已经达成协议。"

谈判的结果出乎所有人的意料，沈剑龙和瞿秋白之间没有大吵大闹，没有大打出手，而是心平气和，一见如故。沈剑龙对瞿秋白的学识、人品十分钦佩，深感自愧不如，觉得和自己相比，瞿秋白才是真正配得上杨之华的人。

自从在杨家相谈甚欢之后，沈剑龙又把瞿秋白、杨之华接到他家去谈了两天。最后，瞿秋白把沈剑龙和杨之华接到常州去谈。当时，瞿家早已败落，家徒四壁，连张椅子都没有，三个人只好坐在一条破棉絮上谈心。

三个人辗转三个地方多番深谈后，谈出了一个皆大欢喜的结局，沈剑龙自愿退出，并与瞿秋白结为好友，从此两人书信往来，写诗唱和，甚为融洽。

这次谈判没多久后，《民国日报》上就接连三天登了三则启事，启事的内容如前文所示。

不得不佩服沈剑龙的大度，沈剑龙其人，也许有着一些旧式公子哥儿的浮浪习性，但人品确实称得上霁月光风，不然不会如此豁达。杨之华曾对朋友说："剑龙为人高贵、优雅，我自惭庸俗，配不上他。"没有沈剑龙的成全，就没有"秋之白华"的传奇故事了。

瞿秋白和杨之华在上海举行结婚仪式时，沈剑龙还亲临祝贺。

他送了一张六寸照片给瞿秋白，照片上的沈剑龙剃光了头，身穿袈裟，手捧一束鲜花，上面写着"鲜花献佛"四个字，意即自谦配不上杨之华，把她这朵鲜花献给瞿秋白。

在沈剑龙和杨之华的婚姻里，两个人都自惭说配不上对方。事实上，婚姻里从来没有相不相配，只有合不合适。沈杨两人在人生志趣上有着太大的分歧，逆向而行的两个人，难免会分道扬镳。

杨之华和瞿秋白却志同道合，他们是一对名副其实的"红色恋人"，既是情侣，又是战友。新婚期间，瞿秋白在刻图章时对杨之华说："我一定要把'秋白之华''秋之白华'和'白华之秋'刻成三枚图章，以示你中有我，我中有你，无你无我，永不分离之意。"杨之华听后笑着说："倒不如刻'秋之华'和'华之秋'两方更妥帖、简便些。"后来，瞿秋白果真刻了一方"秋之白华"印章。

瞿秋白十分珍爱杨之华，还曾在一枚金别针上刻上"赠我生命的伴侣"七个字送给她。

对杨之华和沈剑龙所生的女儿，瞿秋白完全视为己出，后来独伊改姓瞿，她回忆说："在我模糊的记忆中，我的父亲瞿秋白话不多，很温和，戴着眼镜，很清瘦。母亲不让我简单地叫'爸爸'。让我叫'好爸爸'，我一直这样称呼的，而他就亲切地称我小独伊。在我的心目中，他就是我的慈父。"

他们曾在莫斯科度过一段特别美好的日子，杨之华曾经充满诗意地描述说："夏天，我们在树林里采蘑菇，秋白画图和折纸给孩子玩；冬天，地上铺满了厚厚的雪毡，秋白把孩子放在雪车里，他自己拉着雪车跑。"

这一切是他们相爱以来最美好的时光，森林、蘑菇、画图、雪车等场景相互交叉重叠，构成了欢快的难忘的画面，"笑声震荡在天空中，似乎四周的一切也都为我们的欢乐喜气洋溢"（杨之华语）。

这对红色恋人相携走过了十年时光，那十年间，战火纷飞，正逢乱世，他们经历了感情和事业上最残酷的考验。

爱上一个革命者是需要勇气的，杨之华和瞿秋白在一起后，多半都是处于流离失所、担惊受怕的状态。可即使是在动荡不安的局势下，这对情侣仍然满怀着信心，不仅仅是对他们自己的未来，更是对革命和中国的未来，在最黑暗的时分，他们依然坚信，曙光就在前方，黎明终会到来。

黎明的到来是以革命者的牺牲为代价的，瞿秋白就是广大牺牲者中的一员。因为患有严重的肺病，他在一次突围中身体难以支撑，不幸被捕。

中统特务头子陈立夫曾派了中统局训练科长王杰夫到长汀监狱去劝降，企图用亲友之情去打动瞿秋白。瞿秋白大义凛然回答："事实上没有附加条件是不会允许我生存下去的……这条件就是要我丧失人性而生存。我相信凡是真正关心我、爱护我的亲属，特别是吾妻杨之华，也不会同意我这样毁灭的生存。这样的生存，只会给他们带来长期的耻辱和痛苦。"

临刑前，他坦然就义，当年目睹这一悲壮场面的旁观者都不禁感叹说:"瞿先生与行刑者走在一起时全然不惧,竟分不清谁即将是杀人者,谁是即将被杀者!"

在遗作《多余的话》中,瞿秋白自诩为一个"最怯懦的婆婆妈妈的书生,连杀一只老鼠都不敢",这样一个文弱书生,竟然为了一生追求的事业,献上了年仅三十六岁的生命。

他是多么留恋这个世界,在文中他无比眷恋地写道:"这世界对于我仍然是非常美丽的。一切新的、斗争的、勇敢的都在前进。那么好的花朵、果子,那么清秀的山和水,那么雄伟的工厂和烟囱,月亮的光似乎也比从前更光明了。"

所有美好的事物中,最让他留恋的还是杨之华,他说:"我留恋什么?我最亲爱的人,我曾经依傍着她度过了这十年的生命。"

在电影《秋之白华》中,他生前最后一次紧紧拥抱她,端详她的眉目说:"其实你不用这么美丽的,只要智慧就足够了。其实你也不用这么智慧的,只要勇敢就足够了。"

要有多勇敢,才能承担起失去爱人的锥心之痛。杨之华果然像他期望的那样勇敢,在失去他之后,仍然沿着他跋涉的道路,披荆斩棘,一路前行。选择了这个男人,就是选择了一种人生,她从未懊悔过。

瞿秋白去世一周年后,杨之华开始提笔撰写怀念他的文章,并全力收集他的文章,"以秋白精神宣传秋白"。1955年,杨之华终于在福建长汀找到了瞿秋白的骸骨,并将其迎到了北京,安葬在北京八宝山革命公墓,周恩来亲手题写了"瞿秋白之墓"的碑铭。

此时,离瞿秋白坦然就义,已经过去了二十年。

他送她的那枚红印章,她一直保留至老,"秋之白华"四个字紧紧挨在一起,你中有我,我中有你,仿佛从来没有分开过。

百助枫子和苏曼殊

> 还卿一钵无情泪,
> 恨不相逢未剃时

一首《见与不见》让仓央嘉措的诗名大盛,被誉为"世间最美的情郎"。其实论才华,论深情,民国年间有位僧人都不会逊于仓央嘉措,甚至略胜一筹,他就是苏曼殊。

> 契阔死生君莫问,行云流水一孤僧。
> 芒鞋破钵无人识,踏过樱花第几桥。
> 一自美人和泪去,河山终古是天涯。

这些惊才绝艳的诗句,都出自苏曼殊之手,其风味颇似晏几道,在近代诗词中首屈一指。连自视甚高的郁达夫都说:"苏曼殊的名字,在中国的文学史上,早已是不朽的了……他的译诗,比他自作的诗好,他的诗比他的画好,他的画比他的小说好,而他的浪漫气质,由这一种浪漫气质而来的行动风度,比他的一切都要好。"

苏曼殊的一生，可以说是一连串矛盾。他是和尚，偏偏屡屡破戒；他爱逛青楼，偏偏又守身如玉；他屡屡和女人纠缠，偏偏万花丛中过，片叶不沾身。这个集情僧、诗僧、画僧、糖僧、革命僧各种封号于一身的"花和尚"，既是佛门之不肖子，又是凡世之浪荡子。

苏曼殊出生在浪漫的樱花之都日本横滨，是父亲与一名日本女子的私生子，自小受尽白眼，有一次，他的父亲甚至曾经疑心他得了传染病而把他一个人丢在了广东老家的柴房里，任其自生自灭。那一年，苏曼殊年仅十一岁。病好之后，他就剃度出家当了和尚，虽然不久后就因偷吃鸽子被逐出山门，但也结下了与佛门一生的缘分。

世上的和尚有千千万万种，苏曼殊大概就属于最任性纵情的那一种。佛门有"五戒"：不杀生、不偷盗、不淫欲、不妄言、不饮酒。苏曼殊出家后，几乎都犯遍了。

他极其贪吃，第一次出家，就偷偷抓了一只鸽子，做成五香鸽子吃，犯了杀生的大忌。苏曼殊对美食不加节制，据说曾把自己的金牙敲下来换糖吃，博得了一个"糖僧"的美名。有一次，他的好友陈去病买回一包栗子，和苏曼殊一起吃。吃完后，陈去病休息了，苏曼殊又买了一包回来。陈去病劝他少吃，他根本不当一回事，结果，肚子胀得不行，一直呻吟到第二天天亮。还有一次，诗人柳亚子送他二十个芋头饼，他一顿吃下去，肚子痛得不能起身。有人和他打赌，一次吃下六十个肉包子，他欣然应诺，一口气吃了五十个，友人劝他不能再吃了，他非坚持吃完不可，还跟劝他的朋友吵了起来。

他言行怪诞，有人评价他说："他时而楚楚长衫，设坛讲学，以人师的身份化育学子；他时而西装革履，风度翩翩，以诗人才子的仪态现身诗坛歌榭；他时而激昂慷慨，奋勇振臂，以天下为己任，欲誓死一搏；他时而袈裟披身，青灯黄卷，万念俱灭，潜心向佛。"

他醉心于革命，一度打算刺杀保皇党首领康有为，因恨后者保皇，何况作为同乡的康有为假冒另一同乡孙中山之名向华侨募捐，这在苏曼殊看来，就是该死。后经友人相劝，他才恨恨作罢。

他一有钱就喝花酒，有人统计过，与他有交往的歌伎，有名有姓有住址的就有二十八人之多。他花在妓院的钱多达一千八百七十七元，当时一个女仆月工资才一块钱。朋友陈陶遗看不下去，曾经在妓院大声斥责他："你是和尚，和尚本应戒欲，你怎么能够这样动凡心呢？"这位和尚吃花酒之前必先诵经一番，柳亚子也看不下去，专门写文章把他痛骂了一顿。

苏曼殊的任性，既是种孩子气的天真，又包含有文人的放诞。有人认为苏曼殊是中国近代以来最有禅意也最有浪漫气质的文人，他参的是"狂禅"一路，就如同水浒传中的鲁智深一般，酒肉穿肠过，佛祖心中留，狂歌纵酒的不羁外表之下是一颗光明澄澈的赤子之心。

苏曼殊最为人津津乐道的，是他的情史。他一生以孤雁自许，幼年身世凄凉，成年后屡遭背叛，形成了孤僻畸零的性格，那些像樱花一样绽放在他生命中的女子,是他黯淡人生中的一簇簇微光。

美人和美食,堪称苏曼殊平生最爱。相传他画画时,总是身着禅绸,有妙龄女子侍立在旁,研墨铺纸。若画三月桃花,则蘸取女子唇上的胭脂,其画绮艳逼人。苏曼殊的画一纸难求,他定了个特别的规定,如果是美人来求,每画一幅,须以自身照片酬劳,如果是男子则一概谢绝。

从现世仅存的几张照片来看,苏曼殊天生姿容出众,长相清秀至极,再加上他如幽花一样销魂的诗句,如远山一样萧疏淡远的画作,总能令爱才的女子动心。

苏曼殊情史丰富,未婚妻雪梅、表姐静子、师妹雪鸿、日本艺伎百助枫子等人,都曾与他有过情感纠葛,可惜,结局无一例外地令人唏嘘。

十三岁时,他在上海向西班牙人罗弼·庄湘博士学英文,庄湘的女儿雪鸿颇为爱慕他。十几年后,苏曼殊在前往南洋的船上,又巧遇了罗弼父女。雪鸿送给他一束曼陀罗花和一册苏曼殊翻译的《拜伦诗集》,诗集的扉页里,有她的玉照一张。苏曼殊大为感动,"(她)赠我西诗数册。每于椰风椰雨之际,挑灯披卷,且思罗子(指雪鸿),不能忘弭也"。

十五岁时,他在日本横滨与养母河合仙的姨侄女菊子一见钟情,菊子温柔娴静,令他深为眷恋。但苏家坚决反对,找菊子的父母兴师问罪,菊子的父母当众毒打女儿一顿,菊子性格刚烈,当晚就投海自尽。苏曼殊伤心欲绝,回到广州后就再次出家。他把这段伤心情事写进了《断鸿零雁记》里，令万千少男少女为之肝肠寸断。

他最广为人知的一段情史，还是和日本艺伎百助枫子之间的情缘。

1909年，苏曼殊在东京的一场小型音乐会上认识了一个弹筝女，名叫百助枫子。一个是去国离乡满腔悲愤的才子，一个是阅尽世事柔肠百结的艺伎，两人一见如故。

苏曼殊对百助大为倾心，甚至给刘三等朋友寄去她的小像，说自己对此女一往情深。朋友百般相劝，他却淡然一笑，洒脱地回应说："不爱英雄爱美人。"

情到浓处，他和百助枫子曾经同床共枕，共度良宵，奇怪的是，他竟然坐怀不乱，没有任何非分之举。百助枫子百思莫解，问他说："大师和我究竟如何？"苏曼殊回答说："我怕达到沸点。"

百助枫子接受不了这种柏拉图之恋，最终和他分手，临别时，苏曼殊赠她一首诗说："九年面壁成空相，持锡归来悔晤卿。我本负人今已矣，任他人作乐中筝。"

百助的离去让苏曼殊这个情种怅恨不已，他曾写过十首《本事诗》，记录这段感情经历，如：

碧玉莫愁身世贱，同乡仙子独销魂。
袈裟点点疑樱瓣，半是脂痕半泪痕。

乌舍凌波肌似雪,亲持红叶索题诗。

还卿一钵无情泪,恨不相逢未剃时。

苏曼殊的那袭袈裟里,沾染了太多的胭脂和泪痕。他外表虽放荡不羁,骨子里仍然是个和尚,终生都挣扎在"持戒"与情欲之间,欠下了累累情债,最终,既负了如来,又负了卿卿。

他对百助枫子难以忘怀,有次在东京见到一个正在搭电车的艺伎,背影颇似百助,赶紧跑上去追,结果一不小心跌倒在地,摔掉了两颗牙齿,朋友们笑他因为追逐女人而做了"无齿之徒",他却不以为憾。

在离开日本回上海的船上,苏曼殊向同船好友戴季陶等人说起这段伤情往事,好友们故意装作不信来逗弄他,谁知苏曼殊竟走进船舱内,捧出百助赠予他的发饰给大家看。之后自伤身世,将东西全部抛进海中,放声痛哭,朋友们为之目瞪口呆。作为旁观者之一的陈独秀还特意为此写了首诗:"身随番帕朝朝远,魂附东舟夕夕还。收拾闲情沉逝水,恼人新月故弯弯。"

回国后,苏曼殊仍然对百助思念不已,曾经写作《寄调筝人三首》赠予她,借诗来尽诉相思:"偷尝天女唇中露,几度临风拭泪痕。日日思卿令人老,孤窗无语正黄昏。"

在感情方面,苏曼殊总是如此纠结,他一旦遇到喜欢的女子,即神为之夺,身陷情网,"情欲奔流,利如掣电";但当女子以身相许之时,他又想起了自己的僧人身份,"吾证法身久,辱命奈何?""还卿一钵无情泪,恨不相逢未剃时。""忏尽情禅空色相,是色是空本无殊。"

一段段有始无终的柏拉图之恋,化成了苏曼殊笔下那些哀感顽艳的言情小说,有论者评价说:"曼殊小说中的女性无不是理想化的集智慧与美貌于一身的妙龄少女,现实中,这样的女性本就不多,而条件俱佳的女性又难免目无下尘,习惯于男人围着自己。曼殊在大男子主义传统下长大,自然幻想条件出色的女性为己痴狂。"

关于苏曼殊的"色而不淫",也算是令不少后来人多少有些好奇的一大悬疑:尽管有许多异性腻友,却从未破过色戒。他出入青楼,却一直守身如玉,同游者说:"曼殊出入酒肆花楼,其意不在花,也不在酒,不过凑凑热闹而已。"在上海时他曾经和一个妓女走得很近,同吃同住,衣服杂物全部放在她那,完全把青楼当成了自己的家,却始终和对方没有肌肤之亲,那名妓女纳闷不已。

好友柳亚子反而替他解释,认为苏曼殊一心向佛,虽美女当前,仍不能动摇他的禅定之心。茗山大师则说,自己在禅堂参悟,而曼殊于妓院得道。甚至有人推测苏曼殊如此是有生理隐疾,纷纷扰扰,总之原因无从追究了。

苏曼殊一生为情所困,堪称一代"情僧"。有位来自草堂寺的游方僧常见苏曼殊眉目含愁,便问道:"既然已经剃度了,为何总是这么多忧生之叹呢?"苏曼殊的回答是:"今虽出家,以情求道,是以忧耳。"

好一个"以情求道"。令人想起电影《西游降魔篇》中唐僧悟道时说的那段话：有过痛苦，才知道众生真正的痛苦；有过执着，才能放下执着；有过牵挂，才能了无牵挂。

这个争议颇多的"花和尚"，后来在上海因肠胃病发作去世。据说医生警告他莫贪吃糖炒栗子，他置若罔闻，照吃不误，导致病情加重。死后，医生还在他的枕头下搜出很多糖炒栗子。

苏曼殊的贪吃无度，曾是时人取笑他的一大"笑柄"，唯独陈独秀却不以为然。按照陈独秀的说法，"暴食"其实是苏曼殊的"自杀策"，他说苏曼殊"眼见举世污浊，厌恶的心肠很热烈，但又找不到其他出路，于是便乱吃乱喝起来，以求速死"。

病危时，他托友人买一个玉佩，特意注明"不要鸡心式"。原来是他在年少时欲东渡日本寻母，苦于没有盘缠，和他订下婚事的未婚妻雪梅以随身玉佩资助，才能成行。等到他回国时，雪梅已不幸早逝，所以他病重时仍挂念着这件事。

朋友买的方形碧玉带到上海时，苏曼殊已在弥留之际。他将玉放到唇边，亲了一下，含笑离开了人世，年仅三十五岁，临终留下遗言："一切有情，都无挂碍。"

说什么了无挂碍，苏曼殊这个天生的情种，终究还是看不透，勘不破，放不下。他的多情妨碍了他的慧业，但以他的性格，就算能够重来一次，估计怕还是留恋那花柳繁华地、温柔富贵乡。太上忘情，最下不及情，情之所钟，正在我辈，也许他并不是看不透，而是甘心为情所困。

苏曼殊去世后，被葬于西泠桥，与江南名妓苏小小墓南北相对，一个是才子，一个是名妓，能与佳人朝夕相对，倒是挺合这位情僧的脾胃。

毛彦文和吴宓

你只是爱上自己心中的一个幻影

身为女人,到底要不要接受一个苦苦追求了你很久的人?

有个小故事可能对我们颇有启发:

一位美丽又高贵的公主告示全城所有男子,谁要是能在她的窗下等待一百天,她就嫁给他。

告示一贴出来,全城所有适龄的男子都云集到公主窗下,一天、两天……时间越来越接近一百天,剩下的人就越来越少了。直到第九十九天,窗下只剩下王子了。黄昏到了,第一百天快到了,正当公主为王子的痴情感动的时候,王子整理好自己的行装,在一百天到来前的最后一刻离开了公主的窗口。

王子为什么要离开呢?

人们对此的解释是:如此通过自轻自贱求来的爱情,不如不要。

我却从这个故事中看出了另外一层含义:王子只怕并没有那么爱公主,他所谓的坚持,只不过是在满足自己的征服欲,一旦对方被征服，便觉得索然无趣，马上抽身而退。

童话未必全都是骗人的，这样一个追逐和被追逐的故事，居然能在民国年间找到类似的版本。

追逐者的名字叫作吴宓，被他苦苦追逐的女子叫作毛彦文。他对她的追求，前后持续了近十年，可每当她愿意接受时，他却犹豫再三。直到终于失去她时，他才悔恨莫及。

吴宓其人，古貌古心，终生痴迷《红楼梦》。他虽无贾宝玉的风采，却常以宝玉自许，在西南联大开讲"红楼梦研究"时，如果见后排的女生没有椅子坐，他马上会去旁边的教室搬椅子。

相传他在联大任教时，学校对面有一间湘菜馆，名叫"潇湘馆"。吴宓见后大怒，叫来老板说，我给你一些钱，你把这个招牌给换了吧。老板不解地问怎么了，他回答说："林妹妹见了会难受的。"老板当然不肯，于是，文弱书生吴教授立即化身为水浒好汉，怒而把餐馆中的碗碟给砸了。

和才子佳人小说不同的是，《红楼梦》提出了一种"意淫"观，"意淫"不是"皮肤滥淫"，不是生活中男女之间肉体上的结合，曹雪芹借警幻仙姑之口告诉我们，"淫虽一理，意则有别"，"意淫"是精神层面的"淫"，是"天分中生成"的"一段痴情"，同"世之好淫者"有着本质上的差别。对那些"悦容貌，喜歌舞，调笑无厌，云雨无时，恨不能尽天下之美女供我片时之趣性"者，曹公统统斥之为"皮肤滥淫之蠢物耳"。

由此看来，所谓"意淫"，指在不通过身体接触的前提下，视觉所见后通过幻想达到思想极大满足的行为。

贾宝玉，可以说是古今"意淫"第一人。而以宝玉自许的吴宓，受这种"意淫"观的影响至深，所以对倾慕的女子，宁愿终生幻想，不愿靠得太近。他在感情上的摇摆不定、反复无常实则源自这种人生观。

吴宓苦恋毛彦文，在民国时几乎是众人皆知的绯闻。

这段感情开始得相当艰难。

用现在的话来说，他们相遇在一个错误的时间。早在还没有认识毛彦文之前，吴宓就已久仰其名，并心生倾慕。

那时，他还在清华读书，同桌好友朱君毅正是毛彦文的未婚夫。朱君毅是毛彦文的表哥，两人青梅竹马。毛家本来为她订下了一门婚事，她却在花轿抬到大门口时，勇敢地从后门逃走了。

毛彦文每次来了情书，朱君毅都会拿给吴宓看。吴宓深深为信中女子流露的聪慧和勇敢而倾倒，对好友说："你的表妹可以与希腊神话中的海伦媲美，你无论如何要抓住她不放。"

也许就是在那个时候，吴宓已将毛彦文当成了心目中的女神海伦，只是碍于她是"朋友妻"，只得把这份倾慕深埋在了心底。

其间，有位同学将妹妹陈心一介绍给了他，巧的是，陈心一恰好是毛彦文的同学兼闺蜜。他特意委托毛彦文打探陈的情况。毛彦文考察后回信道："倘吴君想娶一位能治家的贤内助，陈女士似很适当，如果想娶善交际、会英语的时髦女子，则应另行选择。"

吴宓接到信后南下杭州，与陈心一会晤，两人相谈甚欢，十三天后就火速闪婚了。就在此次，他初次见到了毛彦文，匆匆一会，犹如惊鸿照影，毛活泼开朗的新派淑女风范给他留下了深刻的印象。

婚后，吴宓没多久就后悔了，觉得陈心一虽然贤惠，但太过呆滞，并不是自己理想中的爱人，于是整日为"离还是不离"而纠结。

恰在此时，朱君毅辜负了毛彦文的一片痴情，爱上了其他的女子，以近亲不宜结婚为由，和她解除了婚约。

表哥的悔婚，对毛彦文打击颇大，她曾经回忆说："你对我的教训太惨痛了，从此我失去对男人的信心，更否决了爱情的存在，和你分手后近十年间，虽不乏有人追求，我竟一概拒绝。理由是：以你我从小相爱，又在同一个环境中长大，你尚见异思迁，中途变心，偶然认识的人，何能可靠。"

这边厢，毛彦文正在万念俱灰；那边厢，早就看上了她的吴宓已经按捺不住，迫不及待地去信向她表明爱意，并下定了和发妻陈心一离婚的决心。

在每次通信中，吴宓都会不厌其烦地赘述自己从某年某月起，自朱君毅处读到她的信而渐渐萌生爱意，这令毛彦文大为反感，本来她就是爱人移情别恋的受害者，最痛恨的莫过于男人朝三暮四，见异思迁。收到这样的信后，她不假思索就断然拒绝了。

吴宓不管不顾，执意要离婚。此举遭到了亲朋好友们的群起攻之，父亲指责他"无情无礼无法无天"，朋友陈寅恪劝他："学德不如人，此实吾之大耻。娶妻不如人，又何耻之有？娶妻仅吾生涯中之一事，小之又小者耳。轻描淡写，得便了之可也。不志于学问之大，而兢兢惟求得美妻，是谓愚谬！"连他的学生许渊冲都说："他离婚的事情大家同情的人很少，几乎没有什么人同情。"

千夫所指之下，吴宓仍一意孤行地离了婚，并矢志不渝地追求毛彦文。他曾经放下工作，千里迢迢地两次奔赴杭州去看毛彦文，毛却回应他，希望他们之间的关系"以友谊始，以友谊终"，并劝他珍惜陈心一这样的贤淑女子。

吴宓哪里听得进去，反认为"这是她的矜持，或是在考验自己"。这段绯闻闹得沸沸扬扬，连当时的《民国日报》上都登出了这段情史以及吴宓写给毛彦文的情诗，朋友们都看不下去了，心直口快的金岳霖跑过来劝吴宓说："你的诗如何我们不懂，但是其内容是你的爱情，并涉及毛彦文。私事情是不应该在报纸上宣传的。正如我们天天早晨上厕所，可是，我们并不为此而宣传。"吴宓闻言大怒，宣称："我的爱情不是上厕所！"金岳霖啼笑皆非，只得承认自己比喻不当。

如此锲而不舍，又是情书攻势，又是舆论造势，本来心意坚决的毛彦文都开始有点动摇了。为了避免绯闻缠身，也为了疗伤，她决定离开这个伤心地，去美国留学。

吴宓闻讯，表示愿意资助她。在遭到拒绝后，他又以朋友张荫麟等人的名义给毛寄钱。后来还索性追到了国外，远赴欧洲进修，以筹划能和毛彦文在国外结婚。

这时的毛彦文已经年过三十，身边虽也有追求者，但像吴宓这么旷日持久的，还只有他一位。面对他的苦苦追求，她终于给予了回应。

故事发展到这里，原本应该像童话中说的那样，王子和公主终于过上了幸福的生活。

可谁也没想到的是，这时反而是吴宓犹豫了。他生怕和心目中的女神结婚后，又会陷入婚姻生活的一地泥淖中去。

在巴黎进修时，吴宓特意拍了份电报给尚在美国求学的毛彦文，用强硬的口气令她放弃学业，速来巴黎完婚。

毛彦文如约来到巴黎，吴宓又不想结婚了，说要改为订婚。毛彦文满腔热情，没想到换来的是如此冷遇，她哭着抱怨："你总该为我想想，我一个三十多岁的老姑娘，如何是好。难道我们出发点即是错误？"

吴宓却冷冷地回应她："人时常受时空限制，心情改变，未有自主，无可如何。"他还在日记中这样记述：是晚彦虽哭泣，毫不足以动我心，徒使宓对彦憎厌，而更悔此前知人不明，用情失地耳！

美人如花隔云端。一旦从云端坠入凡尘，看起来也不过尔尔。吴宓对追到手后的毛彦文，就是这种感觉。

他曾视毛彦文为理想之佳人，说："生平所遇女子，理想中最完美、最崇拜者，为异国仙姝（美国格布士女士），而爱之最深且久者，则为海伦（毛彦文）。"

可佳人在侧，他反而羡慕起鲁迅来了，在日记里说："许广平夫人，乃一能干而细心之女子，善窥鲁迅之喜怒哀乐，而应付如式，即使鲁迅喜悦,亦甘受指挥。云云。呜呼,宓之所需何以异此?而宓之实际更胜过鲁迅多多,乃一生曾无美满之遇合,安得女子为许广平哉?念此悲伤。"

曾经被他捧成女神的毛彦文,这时在他眼中只不过是个一味恨嫁的老姑娘。爱情的跷跷板已经改变了走向,他现在才是高高在上的主宰者。

以前,是他追她,后来,是她等他。这段感情里,始乱终弃的都是他。

毛彦文随吴宓回国后,留在上海,一直等他来娶她,吴宓却一次次让她失望。

他可能觉得她此生非嫁他不可,对于毛彦文的抱怨,一概不理。有次甚至打起了小算盘,先是南下去杭州向卢葆华求婚,结果落空,才折回上海,准备向毛彦文求婚,又遭到了拒绝。

毛彦文彻底对他绝望了,说她准备做老姑娘,尽力教书积钱,领养个小女孩,"归家与女孩玩笑对话,又善为打扮,推小车步行公园中,以为乐"。

不久之后,三十三岁的毛彦文碰到了六十六岁的北洋政府总理熊希龄,熊君年龄虽大她一倍,待她却如珠似宝。毛彦文毅然嫁给了熊希龄,结婚当天,毛的一位同学送来了一副对联,上书"旧同学成新伯母,老世伯作大姐夫",令宾客们哑然失笑。

结婚之前,毛彦文给吴宓寄了喜帖,但他以编书为由谢绝出席。这次他意识到,自己是真的失去她了。

深陷失恋之苦的吴宓,写出了一组深怀忏悔的组诗《吴宓教授之烦恼》,第一首即是:

吴宓苦恋毛彦文,三洲人士共知闻。
离婚不畏圣贤讥,金钱名誉何足云。

他公然将这组情诗发表在报纸上,并在讲《红楼梦》的课堂上向学生倾诉情史,有一次,他讲到自己和毛彦文的往事,前来旁听的学生连走廊里都站满了。

熊希龄在和毛彦文结婚三年后去世,吴宓闻讯,深深痛惜毛彦文的薄命,"万感纷集,终宵不能成寐"。并在枕上写诗一首,有"忏情已醒浮生梦"之句。

次日,他立刻奔赴香港,并在去前写了封信给毛彦文,称自己失去她之后,三年内拒绝了一切女子,现在只望能与她结婚。至于熊公留下的遗产,可以一文不取,以免众议。

这一次,毛彦文完全不为所动,既没有回他的信,也没有在香港等他,让他扑了个空。

后来,毛彦文赴台湾生活,吴宓再也没有收到过她的只字片语。

他对她的爱恋,却没有因为她的离去而渐渐消失,而是变得越来越浓烈、绵长,乃至贯穿了他的后半生。

吴宓的诗集中,题下不少未注姓名的情诗都是为毛彦文所作。1943年,已是知天命之年的他写下一首《五十自寿》,中有"平生爱海伦,临老亦眷恋"之句。

20世纪60年代,吴宓请西南师范大学美术系的一位老师根据相片画了一幅毛彦文的画像,挂在墙壁上,日日相对,夜夜相守。

这种旷日持久的思恋并不为世人理解,学者江勇振就曾评价说:"吴宓谈恋爱,光说不练是意淫,像吴宓,只在日记、书信里演练他对女性的爱;又练又说,像徐志摩,是浸淫,是真恋爱;光练不说,像胡适,是真淫。"

吴宓也曾在日记中对自己的这种意淫式的恋爱心理进行了剖析,他说:"盖中国一般人,其视爱皆为肉体之满足及争夺之技术,不知宓则以宗教之言爱……故宓不仅爱彦(指毛彦文)牺牲一切,终身不能摆脱,且视此为我一生道德最高、情感最真、奋斗最力、兴趣最浓之表现。他人视为可耻可笑之错误行为,我则自视为可歌可泣之光荣历史,回思恒有余味,而诗文之出产亦丰。"

毛彦文晚年的回忆录中,只有一小节淡淡地提到当年深爱过她的吴宓,标题为《有关吴宓先生的一件往事》。她说,"关于吴宓先生追求我的事,不知内情的人都责我寡情,而且不了解为何吴君对我如此热情而我无动于衷,半世纪以来,备受责骂与误解。"

对此,她解释说,吴宓心中有个"幻想的女子",或者说"不可捉摸的理想女子",要和他一样中英文俱佳,有很深的文学造诣,能写诗作词和他唱和,还要善于辞令,在他的朋友、同事中谈古说今应对自如。不幸他把这种理想"错放在海伦身上",一旦生活在一起,难免会感到失望。

不得不说，毛彦文真是难得的理性，她清醒地意识到，吴宓爱的并不是她，而只是爱着他心目中的一个幻影，并把这个幻影附于她身上。

评价起吴宓来，她说，"吴君是一位文人学者，心地善良，为人拘谨，有正义感，有浓厚的书生气质而兼有几分浪漫气息，他离婚后对于前妻仍倍加关切，不仅负担她及他们女儿的生活费及教育费，传闻有时还去探望陈女士。他绝不是一个薄情者。"

吴宓万万没有想到，他付出了半生的深情，换来了她发的一张好人牌，"他绝不是一个薄情者"。

能够如此冷静客观地评价他，说明她真的不爱他，至少不那么爱他。联想起吴宓感情上的反复无常，不禁让人替毛彦文庆幸，还好，她没那么爱他。

韩菁清和梁实秋
爱情里永远没有太晚的开始

"我生君未生,君生我已老。

恨不生同时,日日与君好。"

千百年来,爱情似乎一直是专属于年轻人的权利,所以才有了这首诗,作者喟叹自己年华已老,只能抱着"恨不生同时"的遗憾终老。

实际上,人生永远没有太晚的开始,爱情也是。

总有那么一些人,能够突破年龄的界限,不管不顾地爱就爱了。这样的人,不是圣贤,不是英雄,只是忠于自己内心的勇士。

梁实秋和韩菁清,就是这样一对富有勇气的伉俪。

他们相遇时,他七十一岁,她四十三岁,整整比他小了二十八岁。

那一年,梁实秋应邀来到台湾,本来是为了校阅那本纪念亡妻程季淑的《槐园梦忆》。为了出版这本书,他去了远东图书公司,在那里，巧遇了当红歌星韩菁清，她恰好是来借一本秋翁编著的字典。

正应了那句话，世间所有的相遇都是久别重逢。每一次相遇之前，实际上都有着积累的缘分。

如果韩菁清只是个胸无点墨的红歌星，她一定不会去远东图书公司借字典，更不会对文艺圈的人心存好感。韩菁清其人，真正当得起"秀外慧中"四个字，懂古文，懂英文，擅长书法，学过国画、油画，会写诗填词，初次与梁实秋相识就从古文谈到书画甚至莎士比亚，两人谈得十分投机与酣畅。

说起来，韩菁清着实和"秋"有缘：七岁时，她就以一首《秋的怀念》在上海儿童歌唱比赛中一举夺魁；少女时代，对爱情充满憧憬的她曾经写过一篇《秋恋》，在文中，她深情地写道："我的身世，仿佛美丽的秋云，我生在重九的秋天里，我幸福的恋歌，也产生在秋天中，我有秋恋，我应恋秋。"

"我有秋恋，我应恋秋。"命中注定，她会遇上她的秋郎。

不同于一般凡俗女子，有过失败婚恋的韩菁清想要的并不是一个生活伴侣，更不是一个物质伴侣，而是一个精神伴侣。

毫无疑问，梁实秋非常符合她的要求。

在民国文人中，梁实秋是颇有魅力的一位，有着高雅的趣味与从容的风度，他的《雅舍谈吃》《雅舍小品》等，一派文人雅趣，令人读之忘俗。

冰心曾经称赞他说："一个人应该像一朵花，不论男人或女人。

花有色、香、味，人有才、情、趣，三者缺一，便不能做人家的好朋友。我的朋友之中，男人中只有实秋最像一朵花。"

如此兼具才、情、趣于一身的男人，即使从秋郎变成了秋翁，仍然无损于他的魅力，难怪韩菁清会对他一见倾心。

梁实秋呢，则惊奇地发现，眼前这个年轻美丽的女人，居然读过他所有的作品，还是他的忠实粉丝呢，顿时产生了知音之感。韩菁清曾经表示想给他做红娘，他马上表白说："我爱红娘！"

爱情来得如此迅速，相识还不到一周，梁实秋铺天盖地的情书就来了。有时一天一封，有时两封、三封、四封……两个月中写了二十多万字的情书！对她的称呼，从"菁清女士"，到"菁清"，到"清清"，到"亲亲"，到"小娃"，越来越炽烈，越来越亲密。正如他所说的"诗人，情人，疯人，永远是一体的，没有情人不写诗的，也没有情人不疯狂的……"

面对着梁实秋的热烈追求，韩菁清不是没有犹豫过，毕竟，那时秋翁已年过七旬，戴着助听器才能听到声音，还患上了严重的糖尿病。她害怕他陪伴不了她太久，也害怕遭受到舆论的指责。

梁实秋呢，就像钱锺书在《围城》里写的那样，老年人谈恋爱就像老房子着了火，烧起来没救。对她提出的"悬崖勒马"的建议，他坚定地回信说："不要说是悬崖，就是火山口，也要拥抱着跳下去！"

在这样坚定的表白面前，韩菁清终于也给予了同样坚定的回应，她回信给他说："亲人，我不需要什么，我只要你在我的爱情中愉快而满足地生存许多许多年,我要你亲眼看到我的脸上慢慢地添了一条条皱纹,我的牙一颗颗地慢慢地在摇,你仍然用如初见我时一样好奇的目光虎视眈眈。那才是爱的真谛,对吗?"

爱情可以让人变得年轻。

和韩菁清相爱后,梁实秋一下子年轻了许多,春风满面,精神抖擞,丧妻的抑郁一扫而光。因为妻子死于非命的索赔诉讼需要处理,他不得不飞回美国处理,临行前还在给韩菁清写信说:"亲亲,我的心已经乱了,离愁已开始威胁我,上天不仁,残酷乃尔!"而挂念着他的韩菁清则写道:"秋:你走了,好像全台北的人都跟着你走了,我的家是一个空虚的家,这个城市也好冷落!"

爱情可以让人变得浪漫。

生性富有情趣的梁实秋不满足于只是写信,而是拿出一生办报纸副刊的本事,给他"最最亲爱的小娃"办了一份《清秋副刊》,把每天读报得来的时事趣事,抄写下来专为他的小娃一人阅览消遣。《清秋副刊》中把两人的名字合了起来,希望能够"寂寞梧桐深院锁清秋",令人感叹,他们真是天作之合。

爱情可以让人变得强大。

在一九七几年的台湾,梁韩之恋几乎引起了一场"新闻地震"。报纸先发难,类似《教授与影星黄昏之恋》的新闻标题在大小报纸上频频出现。多数文章都认为让韩菁清这样一个演艺圈中的过气明星嫁给一个"国宝级"的大师,是对大师的亵渎。梁的学生成立了"护师团";梁的友人也认为"一树梨花压海棠"太不像话。很多人嘲讽她是"收尸团"一员,所谓"收尸团"是指台湾一些年轻女子专门嫁给老头子,几年后就收尸继承遗产了。朋友们力劝他悬崖勒马,纷纷给他介绍他们认为相配的女性。面对千夫所指,梁实秋只是淡淡一笑,回应说:"我只是一个凡人——我有的是感情,除了感情以外我一无所有。我不想成佛!我不想成圣贤!我只想能永久和我的小娃相爱。人在爱中即是成仙成佛成圣贤!"

韩菁清则撂下话说:"我唱一场歌挣的钱,比梁实秋一个月挣的钱都多,梁实秋在台湾没有房子,还是住我的房子。"

这气概,让人想起当今某女星所说的"我不嫁豪门,我自己就是豪门"的霸气和磊落。

追求世俗不能认同的真爱,有时需要的就是这种我行我素的坚持,以及不管不顾的任性,韩菁清就说过:"历史是人家的,传奇是人家的,世间嘈杂的耳语,不过是他人自说自话的意淫。"

他们比谁都明白,生活是自己的,和他人无关。他们需要的,只是尊重家人的意见。在征求了儿女们的同意后,梁实秋正式迎娶了韩菁清。

他们的爱情非常传奇,婚礼却十分简单,是在台湾的一家普通小餐厅举行的,和普通老百姓没有什么两样。

婚礼上,梁实秋自任司仪,满心喜悦地向亲朋好友们献上了新婚致辞:

我们两个人是同中有异,异中有同。最大的异,是年龄相差很大,但是我们有更多相同的地方,相同的兴趣,相同的话题,相同的感情。我相信,我们的婚姻会是幸福的、美满的。

新婚晚上,高度近视的新郎官因不熟悉环境,没留心撞到墙上。新娘子立即上前将新郎抱起。梁实秋笑道:这下你成"举人"了。新娘也风趣地回答说:你比我强,既是"进士"(谐音近视),又是"状元"(谐音撞垣)。两人相视大笑。

一开始,朋友们并不看好他们的婚姻。

冰心是梁实秋一生的知己,可她在看到梁实秋和韩菁清的合照后,忍不住感叹说:"实秋还是过不了这一关啊!"梁实秋得知后,幽默地回应说:"当年你那一关,我倒是过得稳稳当当的。"

老一辈的人,大多推崇从一而终的爱情,所以冰心佩服巴金,说他在萧珊去世后仍能坚持单身,而对梁实秋再婚颇有微词。

这未免有点太挑剔了。一生只爱一个人是很多人的爱情理想,但并不是每个人都有福气和相爱的人白头偕老。

对梁实秋来说,爱上了韩菁清,并不代表就忘了发妻程季淑。他在尘世间尽量活得幸福,也许比寂寞终老更能告慰亡妻的在天之灵。

从结婚开始,他们相携走过了十三年的婚姻生活。

这十三年的生活,温馨、甜蜜,宛如电影《金色池塘》中刻画的那样,弥漫着夕阳返照的融融暖意。

对这份迟来的爱,两人倍感珍惜,韩菁清说:"我坦白地承认我曾有过无数次的罗曼史,不成熟的,稚气的,成熟的,多姿多彩的，但是都已烟消云散，不复存在！现在这迟来的爱情才是实在的、坚固的，它会与世长存！"

梁实秋则对他的小娃说："我过去偏爱的色彩是忧郁的，你为我拨开云雾见青天，你使我的眼睛睁开了，看见了人世间的绚丽色彩。"

美好的婚姻生活，让梁实秋找回了逝去的青春。韩菁清烧得一手好菜，悉心照顾他的生活，梁实秋婚后心宽体胖，八个月体重就上升了五公斤。久已搁笔的他重新开始创作，每天写五千字，1979年写完了《英国文学史》和《英国文学选》，前者约一百万字，后者约一百二十万字，后来均获得了"文艺贡献奖"。

闲暇时，夫妻俩爱玩文字游戏，比如，五分钟内，写"言"字旁的字，看谁写得多，获胜的常常是韩菁清，因为她脑子反应快，写得快，但她不敢跟他打"持久战"，因为他能写出许许多多同偏旁的字来。

她还教会了七十四岁的他跳舞，试想一下，在如水的月光下，两个相爱的人相拥在家里的客厅翩翩起舞，那是怎样和谐又浪漫的一幕。

尽管日日相见，两人依然情书往返。在信里，梁实秋称韩菁清为"清清"，韩菁清则称呼梁为"秋秋"，梁戏称这是韩菁清的一大发明。

他们偶尔也有争吵的时候，这时的梁实秋，总会在门外唱歌哄她，唱得最多的是那首他们最爱的《总有一天等到你》，有时他也会压低嗓子，装出悲痛的声音唱那首《情人的眼泪》，门内的韩菁清听了，总会破涕为笑。

关于这桩婚姻，胡宗南的女儿胡小美曾这样写道："他们的婚姻生活就像一条源远流长的小溪，任凭多少颗顽皮的小石子，最多也只能激起一些泡沫，一阵涟漪，随着缓缓流过，却似乎是永无止境的水波，消失得无影无踪。"

他们相伴走过十年的时候，梁实秋特意给韩菁清写了一封信，信中说："我首先告诉你，自从十年前在华美一晤我就爱你，到如今进入第十个年头，我依然爱你，我故后，你不必悲伤，因为我先你而去是我们早就料到的事。我对你没有什么不放心，我知道你能独立奋斗生存，你会安排你认为最好的生活方式。十年来你对我的爱，对我的照顾，对我的宽容，对我的欣赏，对我所做的牺牲，我十分感激你。"

三年后，八十四岁的梁实秋因病去世，带着对爱妻无尽的眷恋，弥留之际，他拼尽全身力气喊出："清清，我对不起你，怕是不能陪你了。"

上天已经够眷顾他们了，让他们共同度过了四千多个美满温馨的日日夜夜。可越是这样，越让梁实秋留恋这个世界，所以临终前才一次次发出"救我"的呼喊，他这一生，堪称完满，临近暮年，还在她的爱情中愉快而满足地生活了许多年，唯一丢不开放不下的，就是他的小娃。

梁实秋去世前，曾留下遗嘱："觅地埋葬，选台北近郊坟山高地为宜,地势要高。"韩菁清将他的墓址选在台湾淡水北新庄北海公园墓地,那里很高旷,举目四顾,莽野苍苍。当别人问到梁实秋为何选择高处筑墓的原因时,韩菁清说:"为的是让他能够隔海遥望魂牵梦绕的故乡。"她果然是最懂他的那个人。

他去世后,她在自己的衣襟上绣了一个红色的"雅"字,以纪念梁实秋。她每个月去扫墓两次,给长眠于此的梁实秋带去鲜花,为他的墓地拔去杂草。虽然他不在了,她还是照常给他写信,写了后就焚化在他的墓前,让一缕青烟带去她的思念。

他们相恋时,他为她编撰《清秋副刊》,他走了之后,她开始整理他的遗作,并提笔撰写了《秋的怀念》,记录着他们甜蜜的过往。

"我有秋恋,我应恋秋。"她这一生,注定和秋有缘。

七年后,六十三岁的韩菁清因病逝世,追随她的秋郎而去。这一段美好的"秋恋",却依然流传在世间,它的存在告诉人们:在爱情的词典里,从来就没有什么"相见恨晚",若是爱得够深,那么所有的相见恨晚都是恰逢其时。

廖翠凤和林语堂

一辈子那么长，嫁个让你笑的男人很重要

什么样的男人最值得嫁？

每个女人的答案都会不一样，有的看重才华，有的偏爱帅哥，有的喜欢暖男，可我觉得，如果一个男人在有才、有情之外，还能有几分幽默感，那就更加完美了。

在我们五千年的历史里，幽默感是多么稀缺的东西啊。国人推崇的理想人格，好像都是那种一丝不苟、谨言慎行的，偶尔有人爱说句玩笑话，都会被视为轻佻。

实际上，幽默感又是多么重要的东西啊。如果说生活像白开水，幽默感就像盐分，可以为一杯白开水增添出无穷无尽的滋味。具有幽默感的男人，能让你开怀大笑，这比什么都重要。

如果从这个角度来考量的话，那么林语堂实在可以当选民国最佳老公，因为他就是个富有幽默感的男人。

他曾经创办《宇宙风》等杂志，提倡幽默文学，他说："人生在世，就是有时笑笑人家，有时给人家笑笑。"

他一生演讲无数，最成功的那次仅仅说了一句话："绅士的演讲应该像女士的裙子，越短越迷人！"说完就走下台去，赢得笑声一片。

他天性乐观，常挂在嘴边的一句话就是："我像一个皮球，你把我压在深水里，我还是会浮到水面。"老年时大女儿不幸自杀，他仍然对三女儿说："我认为生命的目的是要享受人生。"

辜鸿铭主张男子多妻，曾以一个茶壶可配四个茶杯做比，林语堂则反驳："哪有一只碗里放了两把羹匙还不冲撞的？"可谓精辟。

此类故事数不胜数，若是仿照《世说新语》的体例，编写一本《林语堂隽语》，一定也相当精彩。

林语堂一生著作等身，然而却忘记写一本书——《如何哄太太开心》，如果写出来的话，肯定一纸风行，红遍全球，因为他实在是这方面的专家。

他会说最美的承诺，和廖翠凤结婚当天，他当着众宾客的面，拿出结婚证书，对新婚妻子说："我把它烧了！婚书只有在离婚的时候才有用，我们一定用不到。"还有什么承诺，比这句话更具千钧之力呢？难得的是，他果然做到了，在半个多世纪里，他们一直相亲相爱，造就了一段金玉良缘。

他懂得哄太太开心。廖翠凤身材丰满，最忌讳别人说她胖，最喜欢人家赞美她又尖又挺的鼻子。所以每逢太太不开心的时候，林语堂就捏捏她的鼻子,她马上开心得笑起来了。他知道太太喜欢买鞋子,每次经过鞋店,总是鼓励她进去选购,自己则带着孩子打发时间。

他从不向太太发脾气。廖翠凤喜欢谈论家事,回忆往事,林语堂就点燃烟斗,不发出任何声音,静静听妻子唠叨。如果廖翠凤发脾气了,他就保持沉默,他的绝招是"少说一句,比多说一句好,有一个人不说,那就更好了"。谈到"怎样做个好丈夫"的秘诀,他笑称:"就是太太在喜欢的时候,你跟着她喜欢,可是太太生气的时候,你不要跟着她生气。"

他时不时和太太开点无伤大雅的玩笑。比如常常把烟斗藏起来,叫着:"凤,我的烟斗不见了!"廖翠凤连忙放下手中的活,满屋子地找,林语堂则燃起烟斗,欣赏妻子忙乱的神情。有了女儿后,他就随着女儿管廖翠凤叫"妈",有时一天忙完,第一句话就问:"妈在哪里?"有时腻烦廖翠凤对他管得太多,他也会说:"我认为我早就小学毕业了。"可一看到太太笑眯眯盯着他的眼睛,他就乖乖地照太太的吩咐去做了。

他懂得欣赏太太的优点。当时,文化名人大多抛弃旧家庭的发妻,另找时髦的知识女性。林语堂成名后,廖翠凤担心他会喜新厌旧。语堂安慰她:"凤啊,你放心,我才不要什么才女为妻,我要的是贤妻良母,你就是。"

他重视家庭生活,和太太一起分担带孩子的任务。三个女儿出生后,他常常带着她们在花园散步;他为孩子们在花园中开辟了一个小菜园,让她们自己种西红柿、豆子等;夏天,他带着孩子们一起种菜、赏花;冬天,他和全家人一起到公园打雪仗,直到公园关门才回家;周末有空的话,他会带着全家去看电影,或到附近的城市旅游。

他一片童心,老了后还是很喜欢和两个外孙一起做花生糖、捉迷藏,快乐得像个小孩。他称自己和两个外孙是三个小孩。廖翠凤出门买菜时,三个人将鞋子放在饭桌上,躲进更衣室,等廖回来叫他们,他们不答应,只是躲在更衣室里咯咯地笑,到最后忍不住了,才出来扑到廖身上大笑。

这种种表现,真令人感叹,嫁人当嫁林语堂。和这样一个男人在一起,生活再怎么艰难困苦,总会有笑声相伴,因为没有人比他更懂得生活的艺术。

林语堂曾说:"世界大同的理想生活,就是住在英国的乡村,屋子里安装有美国的水电煤气等管子,有个中国厨子,有个日本太太,有个法国情人。"

他没有娶到日本太太,可嫁给他的廖翠凤的确像日本太太一样温柔贤淑。

在遇到廖翠凤前,林语堂曾有过两次恋爱。他的初恋是一个叫橄榄的女孩,儿时他们常常在山间玩,他形容她赤足的样子:"她的脚在群山间,是多么美丽!"后因他出国留学,这段感情无疾而终。

后来他喜欢的女孩叫陈锦端,初见陈锦端时,她一头乌黑的长发，用一个宽大的发夹别着，自那以后，林语堂描写笔下的少女，都是这样的打扮。在《八十自述》中说："我从圣约翰回厦门，总在我好友的家逗留，因为我热爱我好友的妹妹。"

可是，陈家是厦门数一数二的大富豪，陈父讲究门当户对，早早就为女儿寻了一个大户人家的子弟。为了打消林语堂的念头，陈父还将廖家的二小姐介绍给了他。林家知道他娶锦端无望，也劝他"娶妻娶贤"。

这位二小姐就是廖翠凤。她隐约知道林语堂和陈锦端的旧情，只是对这段过往并不太放在心上。她对林语堂的才名，早就有所倾慕。林语堂登门拜访时，她躲在屏风后面观察他，很是中意。

廖母得知女儿想嫁给林语堂后，曾劝阻："你不过是在代替陈锦端。为何陈家不要的东西，你要捡起来？"廖翠凤说："喜欢就是喜欢。我捡起他，也就等于他捡起我，我相信他会喜欢我。"

廖母又劝他说，林语堂虽聪明，但家里太穷，没有钱，廖翠凤斩钉截铁地回答："没有钱不要紧！"

多么掷地有声的一句话，就是这种决心，把她和林语堂紧紧联系在了一起。

廖翠凤是个真正懂得爱的女人。

她陪他一起吃苦。结婚后，他们带着廖的一千大洋陪嫁出国留学，廖翠凤在船上突发盲肠炎，痛得死去活来，林语堂提议下船动手术，她却为了省钱，强忍痛楚，直到抵达美国后才动手术。在留学期间，清华不再向林语堂提供费用，廖翠凤只能变卖首饰换钱。在法国时,她甚至为了省钱去古战场上捡旧靴子穿。

她一手照顾他的生活。林语堂讨厌一切形式上的束缚,如领带、裤腰带、鞋带。但廖翠凤做事却喜欢井井有条,郑重其事,衣裳穿着整齐,一切规规矩矩。她常常盯着语堂看半晌,不等她开口,语堂就学着她的口吻,说:"堂啊,你有眼屎,你的鼻孔毛要剪了,你的牙齿给香烟熏的黑了,要多用牙膏刷刷,你今天下午要去理发了……"廖翠凤不仅不生气,反而自得地说:"我有什么不对?面子是要顾的嘛。"

她充分包容他的自由天性。赛珍珠曾经问林语堂:"你的婚姻没问题吧?"林语堂笃定地答:"没问题,妻子允许我在床上抽烟。"文人身上总有诸多怪癖,名气如林语堂者更有甚之,常常对月长叹,对花落泪,觉得工作不如意时经常还闹辞职,但廖翠凤一生都在纵容丈夫,不曾阻拦他前进的脚步,还随时把他像孩子那样照顾得十分周到。

她尊重他对昔日情人的怀念。林语堂带着她回上海后,陈锦端还一直单身,大度的廖翠凤常常主动邀请陈到家里来做客。据他们的二女儿林太乙回忆:"父亲对陈锦端的爱情始终没有熄灭。我们在上海住的时候,有时锦端姨来我们家玩。她要来,好像是一件大事。父母亲因为感情很好,而母亲充满自信,所以不厌其烦地、得意地告诉我们,父亲是爱过锦端姨的,但是嫁给他的,不是当时看不起他的陈天恩的女儿,而是说了那句历史性的话'没有钱不要紧'的廖翠凤。"

纵然陈锦端一直占据着林语堂的心之一角，他还是踏踏实实地和廖翠凤过日子，他所走的每一步后面，都有她的陪伴和支持。抗战初期，林语堂写了不少宣传抗日的文章，廖翠凤也走出家门，担任了纽约华侨妇女发起的救济会的副会长，向纽约的贵妇们宣传抗日，开展募捐活动。林语堂在北大任教时，廖翠凤则在北大预科任英文教员，二人是当时有名的夫妻教授。

按照女儿林太乙的说法，"天下再没有像爸爸妈妈那么不相同的"。林语堂好静，廖翠凤喜欢热闹；林语堂不修边幅，廖翠凤每次出门都要打扮得齐齐整整；林语堂好吃肉，廖翠凤喜欢吃鱼；林语堂多愁善感，廖翠凤却重视实际。两人一起到雅典卫城参观，深蓝清幽的爱琴海边，林语堂对人类的巧夺天工和大自然的奇妙赞叹不已，而廖翠凤捶捶酸疼的小腿，不屑一顾地说："我才不住这里，买一块肥皂还要下山，多不方便。"

然而正是个性上的不同，让他们互为补充，廖翠凤是个家庭的总指挥和司令官，林语堂则给家里带去了许多的诗意和欢笑。

林语堂曾感慨地说："我好比一个气球，她就是沉重的坠头儿，若不是她拉着，我还不知要飞到哪儿去呢？"廖翠凤也点头说："要不是我拉住他，他不知道要飘到哪里去。"

林语堂如此形容他们的婚姻："才华过人的诗人和一个平实精明的女人在一起生活，显然，富有聪明的，往往不是那个诗人丈夫，而是那个平实精明的妻子。"

对于廖翠凤的付出，他很感动，专门撰文说："婚姻生活，如渡大海,风波是一定有的。婚姻是叫两个个性不同的人去过同一种生活。女人的美不是在脸孔上,是在心灵上。等到你失败了,而她还鼓励你;你遭诬陷了,而她还相信你,那时她是真正美的。你看她教养督责儿女,看到她的牺牲、温柔、谅解、操持、忍耐,那时,你要称她为 angel 是可以的。"

廖翠凤曾打趣说:"人家做了教授,一窝蜂地离了黄脸老妻、娶新潮女生,你就不想赶这个时髦?"

林语堂摇摇头:"离了你,我活不成呀。"

结婚五十周年纪念日,林语堂为妻子准备了一副金质手镯,说是为了表彰她坚定不移地守护着家,以及多年的自我牺牲。镯上面铸"金玉缘"三字,并刻了詹姆斯·惠特坎·李莱的不朽名诗《老情人》。林语堂将其译成中文五言诗:

同心相牵挂,一缕情依依。
岁月如梭逝,银丝鬓已稀。
幽明倘异路,仙府应凄凄。
若欲开口笑,除非相见时。

廖翠凤想起新婚之时,林语堂撕婚书的坚决,百感交集,庆幸自己这辈子没选错人。如果有一个人,在结婚五十年时还能如此珍爱你,当你是"老情人",那这样的男人绝对值得相伴一生。

有人问他们,五十年婚姻的秘诀是什么?他们夫妻抢着回答说:"只有两个字,'给'和'受'。只是给予,不在乎得到,才能是完满的婚姻。"

民国文人大多爱闹离婚,有过一段刻骨铭心恋情的林语堂却做到了"还将旧时意,怜取眼前人",他对自己的婚姻颇引以为豪,曾骄傲地宣称:"我把一个老式的婚姻变成了美好的爱情。"

其实,老式还是新式只不过是婚姻外在的壳,这层壳并不重要,重要的是,婚姻里的两个人懂得相互珍惜、相互包容,这样才能一起到白头。

蒋碧薇和张道藩

就算是执迷,我也执迷不悔

从古至今,"私奔"都是件技术活,既要看眼光,又要看运气。

私奔能修成正果的,便是千古佳话,倘若最后被人遗弃,一不小心就成了笑话。

所以敢于私奔的女子,大多有胆有识,敢爱敢恨,担得起佳话,也咽得下苦果。像历史上著名的卓文君女士就是如此,爱一个人时,愿意放下身段,跟着他跑出去当垆卖酒,当意识到丈夫司马相如有了二心后,也能"闻君有二意,故来相决绝",还好司马相如良心不错,见了诗后马上回心转意了。

民国时期有个叫蒋碧薇的富家小姐,明快爽朗,大有卓文君之风,也曾学文君随人私奔,可惜,她遇到的不是司马相如。

1926年的蒋碧薇很纠结,她收到了一封信,信写得云山雾罩,里面说,"为什么我早有相爱的人,偏会被她将我的心分了去","为什么我明知她即使爱我,这种爱情也必然是痛苦万分、永无结果的,而我却始终不能忘怀她"。

看了信后，蒋碧微先是惊讶，继而是怅惘，更多的却是感动。惊讶的是，写信人和她之间的称呼是"三弟"和"二嫂"；怅惘的是，她已经是别人的妻子；感动的是，这样一位平常看起来忠厚老实的朋友居然如此的热情和大胆。

那个时候，距她随徐悲鸿私奔到日本，已经过去了九年。九年前，她还是一个订过婚的妙龄少女，年方十八，满脑子浪漫的念头，放弃婚约跟着一位醉心艺术的画家私自出走，辗转在日本、巴黎等异国他乡，终于发现丈夫的心力全部专注于他所热爱的艺术之上，她无法分润一分一毫。

对于婚姻，她是有些失望。然而基于她的性格和教养，仍然安于做丈夫忠诚尽责的妻子。所以读了那封滚烫炽热的信之后，她没有被信中热辣的情话冲昏头脑，而是提起笔来，回了一封信，信中的话说得很委婉，但意思很明白，她对写信的人说："我倒劝你把她忘了吧。"

年轻时候的蒋碧微，身材高挑，光彩照人，犹如一枝开得正好的牡丹，美得饱满大气。见过她站在宜兴老家前的一张照片，长身玉立，将一袭旗袍穿得玲珑有致，的确是天生的衣服架子。

当时中国女性普遍矮小，所以蒋碧微甫出国门，就让东西方人都大为赞叹，有位中国同学甚至说："像你这样的女孩子到外国来，真为我们中国人增光。"现在看来，蒋碧微是那种有点欧化的美，五官不算特别精致，胜在身材出挑、气质出众，站在人群中，很容易有鹤立鸡群的感觉。

在巴黎时,蒋碧微是一群男同学中的天之骄女。一群朋友组织了一个别开生面的"天狗会",全部以兄弟相称,谢寿康是老大,徐悲鸿是老二,张道藩居三,邵洵美排四,身为唯一的女性,蒋碧微的荣衔则是"压寨夫人"。她本身就爱交际,善谈论,所以频频参加他们的聚会,参与他们的谈天,放言高论。

从这可看出蒋碧微的性格,她可不像张幼仪那样的旧式原配,甘心做丈夫背后的女人,只知付出,不求回报。她需要的,是同等的尊重,相应的爱护,是一个能够供她飞翔、给她温暖的男人。

很显然,徐悲鸿不是这样的男人。在蒋碧微眼里,这位"徐先生"对待绘画无比刻苦,对待家人却十分冷漠。

她和他共度了二十年,到处奔波流浪,受尽了穷困流离之苦。后来她写起回忆录来,口口声声称这位前夫为"徐先生",满是距离感,可能是因为这位前夫实在让她受苦良多。

举几个小例子,可见蒋碧微眼中"徐先生"的为人如何:

他走路从来都是昂首挺胸,飞步向前,任凭她跟在后面气喘吁吁,从来不会回头等她;

他们相约一起回国,因为当年是私奔出来的,所以她一心想着这次一起回去能挽回颜面,不料她赶到新加坡时,他却已经提前走了,站在甲板上凭栏远眺的她找不到丈夫的身影,失望极了;

战乱时他带着她和孩子首次回老家,听到了轰炸的声音,他只顾自己一个人到僻静处躲了起来,全然不顾妻儿老母,还好后来只是虚惊一场。

……

说起来，在没有闹出第三者风波之前，他们的婚姻还算平静，只是充满了以上种种咬噬性的烦恼。徐悲鸿的以自我为中心、不够体贴等也不算什么特别大的毛病，只是有了对比，就显得特别明显。

那个和他形成鲜明对比的男人，就是写信给蒋碧微的张道藩，"天狗会"的三弟，国民党著名高官，电影《密电码》的主角。

而对于蒋碧微来说，他才是她一生的至爱。所有徐悲鸿给不了她的，他都给了她，而且比她期望的更多。

蒋徐之恋本来就够传奇了，可蒋张之恋，才是真正的惊世骇俗。他和她纠缠了三十年，十年单恋，十年相思，十年相守，除了婚姻，他把一个男人能给一个女人的柔情蜜意几乎都给了她。被这样一个人全心全意爱过，即使后来的结局是分开，她也从来没有怨恨过，而是充满了感激。

张道藩对蒋碧微是一见钟情。时针拨回到1922年的柏林，徐悲鸿偕妻子蒋碧微去回访他。那一天，她穿着一件鲜艳而别致的洋装，站在起居室上一块猩红的地毯上，亭亭玉立，风姿绰约，宛如一幅绝妙的图画。她的雍容华贵让张道藩惊艳不已，多年以后，他仍然清楚记得那天她身上所穿洋装的颜色和款式。

因为"天狗会"的成立，他们的来往逐渐密切起来。张道藩是"天狗会"兄弟中最重感情、最热心的一位，也最慷慨。他的经济状况相对较好,所以常常掏腰包请客。

比较起来,徐悲鸿和蒋碧微的生活仅仅托赖于一份时有时无的官费,过得异常清苦,有时为了维持生活,蒋碧微不得不出面借贷,这对于养尊处优的她来说的确是件难事。幸好有朋友们帮忙才能渡过难关。尤其是张道藩,总是那么忠实可靠、热情洋溢,往往是她还没有开口,他就细心地察觉到了她的困难,及时地帮了她不少忙。

心思单纯的蒋碧微越来越信任张道藩。一次有个外国友人举办"东方民族游艺会",邀请她时问她想邀哪位男士做伴,她毫不犹豫地说出了张道藩的名字。

青年时期的张道藩一双眼睛炯炯有神,很招女孩子喜欢,身边总围绕许多主动向他示好的女性,还交了一位名叫素珊的法国女朋友。尽管如此,他仍然控制不住自己对蒋碧微的倾慕,在他眼中,蒋碧微的仪容风度、个人魅力都是世所罕见的,他对她先是怦然心动,既而情根深种。

恋爱期间的张道藩,却经常愁眉紧锁、郁郁寡欢。朋友们看他如此消沉,以为他和女朋友素珊的感情遇到了挫折。"天狗会"的大哥谢寿康自告奋勇,愿意代他去素珊家求婚。催逼之下,他终于点头。孰料订婚宴上,他却不断狂饮,终于酩酊大醉。

"为什么我早有相爱的人,偏会被她将我的心分了去?"

直到后来,蒋碧微收到他的那封近似呓语般的"表白"信才明白了他当时曲折难言的心迹:原来他是为了避免无法解脱的烦恼，决心用形式的婚姻驱除他内心对她的爱慕。

深受感动的蒋碧微还是拒绝了这位三弟，并劝他珍惜已有的恋人，那时她心中还只有徐悲鸿。为了解除张道藩的心结，她回上海后甚至应他之托，筹了一千块钱给素珊，作为来中国结婚的旅费。

如果日子就这么过下去，她和他的关系，将永远是"二嫂"和"三弟"的关系，他将是她婚姻之外最忠实热心的朋友，但凡她一声召唤，他总会毫不犹豫地出手帮忙。

可回国后的蒋碧微，迎来了人生中最大的波折：徐悲鸿爱上了女学生孙多慈，闹了一场轰轰烈烈的师生恋。

蒋碧微是何许人也？纵然结了婚生了子，在男人们眼中仍然是魅力四射的，即使她严词拒绝，围绕在她身边的追求者也没有断过。这样的天之骄女，自然咽不下这口气，于是她拿出雷厉风行的手段，异常强硬地阻挠丈夫的出轨。

昔日他人眼中的佳偶，渐渐变成了一对"怨偶"。有朋友看不下去，劝徐悲鸿说："尊夫人仪态万方，你夫复何求？"

徐悲鸿哪里听得进去，这时候的蒋碧微，在他眼里已经从当年可亲可爱的俏佳人，变成了望而生畏的"胭脂虎"。他千方百计，先是冷淡，后是出走，只想从这只"胭脂虎"身边逃走，去和他甜蜜可爱的女学生相伴相依。

甲之蜜糖，乙之砒霜。徐悲鸿怎么也没想到，他弃之如敝屣的女人，一直是别人心尖尖上的珍宝。

结识蒋碧微十几年以来,张道藩对她的爱慕之情从未减少,反而日渐加深,但是从来不敢有任何表露,直到徐悲鸿离家出走,他克制不住对她满怀的疼惜,提笔给她写信说:"一直到人家侮辱了她,虐待了她,几乎要抛弃她的时候,我才诚挚地对她公开了我十多年来心中爱她的秘密。"

1937年,南京被日寇的敌机日夜轰炸,张道藩担心蒋碧微的安危,把她一家接到了他家里住。他体贴地把卧室让给了他们夫妻,自己搬到地下室去,孰料徐悲鸿住了几天后,留下五十元,就十万火急地赶回了广西。

同住一楼的张蒋二人,碍于朋友们都在,没办法公开表白,只能借着书信来传达心意。这是他们漫长书信来往的开端,终其一生,他们留下的情书足足有两千多封,近百万字。

为了避人耳目,张道藩称蒋碧微为"雪"。那个时候,蒋碧微已年近四十,不复当年青春可人,但在张看来,他的"雪"仍然高贵娴雅,俨如天仙,是世界上最高峰的积雪,是宇宙间最高贵、最洁白、最令他崇拜的雪。

他自陈:"我的爱你,决不是基于青年时之尚虚荣,好美色","而是由于彼此间的同情和了解";"除了以前对(素)珊以外,我不曾对任何女子像对你这样过,我愿意把我所有对女性的爱全部集中给你。因为十多年来,根据我严格观察的结果,只有你的一切条件,才够得上是我理想的爱人"。

客观来说,这些话的确发自肺腑,并无夸张之意。张道藩算得上是一位风流倜傥的才子,妻子素珊不通中文,两人在语言、文化等方面隔阂很深,不像蒋碧微,谙诗文,通琴书,更合他的性情。面对张道藩如此如火如荼的情书攻势,蒋碧微很快就给予了相应的回应。今时不同往日,她对徐悲鸿早已心灰意冷,却不料在绝望的时候,又遇到了生平未有的爱情。这一次,她决定不再退缩,而是勇敢接受,即使冒着被天下人唾骂的风险。

她在信里称他为"宗",后来甚至把自己的书房命名为"宗荫室",意思是甘于一生处在张道藩的庇护之下。

他们的情书写得缠绵悱恻,比起很多民国文学大师来毫不逊色。张道藩写给心上人的信,热烈得像初涉爱河的少年郎,比如这样的句子:"你若把我拿去烧成了灰,细细的检查一下,你可以看到我最小的一粒灰里,也有你的影子印在上面。"

比较起来,蒋碧微则清醒得多,在给张道藩的信里,她清醒地意识到"人类的爱是有摧残性的",她又曾当面对他说过,"恋爱就像爬山,携手攀登,途中人人都在欢呼高歌,然而一到峰顶,无论是向前或向后,摆在我们面前的就只有下坡路了。"

然而,尽管她认识到情爱的虚幻和无常,当面对张道藩的似水柔情时,仍然决定倾情回报,毫无保留。拼将一生休,尽君一日欢。爱情里,从来就没有什么值不值得,只有甘不甘心。

就在轰隆隆的炮火之中,他们的感情终于明朗化。为了躲避战火,蒋碧微不得不携子女前往重庆,张道藩送他们到船上,不忍分离,直到船开动之后,才跳上船长为他准备的舢板,舟上的人仍含情凝望着船上的人,直到对方消失在烟水茫茫之中。

说起来,张道藩也是个铮铮铁骨的硬汉子,在贵州被军阀周西成逮捕后,屡受严刑拷打,也坚决不交出密电码,所以后来才能升为国民党立法院院长。

可在蒋碧微面前,百炼钢顿成绕指柔,他思念起她来,总是柔肠百结,折了一枝白薇,就想着这花要簪于蒋的鬓边是多么动人;有人送了螃蟹来,他立即想到她爱吃螃蟹,于是沮丧得连蟹也不吃了。他写得最多的,是他的泪,"泪已盈眶""伤心落泪""饮泣多时""眼泪"……这个铁汉子,把一生的眼泪都给了他"生平唯一之知己"——蒋碧微。

这泪水,一半是因为思念,一半是因为疼惜。

相爱而不能相守,一度曾是这对有情人最苦恼的问题。他们挑明心迹后,很快就分离了,此后十年战乱,聚少离多,偶尔会面,也碍于舆论无法尽兴。张道藩曾在蒋碧微的宗荫室里手书了一首古诗:"涉江采芙蓉,兰泽及芳草。采之欲遗谁?所思在远道。还顾望旧乡,长路漫浩浩。同心而离居,忧伤以终老。"

同心而离居,无非是顾及彼此身份的禁锢。张家中已有妻女,蒋徐虽已分居,但徐悲鸿后来频频示好,试图破镜重圆。

如果重回到徐的身边,蒋碧微能拥有一个表面上完整的家,一个看起来体面的丈夫。是回头做徐悲鸿徒有其名的妻子,还是做张道藩的情人?两人身陷苦恋迷茫不已,张道藩曾经给出过四条路让她选择:

一、离婚结婚（双方离婚后再公开结合）；

二、逃避求生（放弃一切，双双逃向远方）；

三、忍痛重圆（忍痛割爱，做精神上的恋人）；

四、保存自由（与徐悲鸿离婚，暗地做张道藩的情人）。

也许是受过丈夫出轨的痛苦，蒋碧微并无拆散张道藩婚姻的念头，于是毅然选择了第四条。对于她来说，这是一条最难走的路，意味着他们的关系将永远见不了光。她要的，从来都不是名分，而是一个男人全心全意的爱。为了爱，她宁愿受尽委屈，也不愿让爱人为难。

1945 年年底，蒋徐正式离婚，徐悲鸿给了蒋碧微一百幅画、一百万作为补偿。一百万，在当时大致相当于一个普通公务员一年的薪水。

蒋张相恋至深时，两人曾无数次渴望天地之间能够有一个孤岛，容他二人漂留至此，长相厮守，哪怕只能相守一年也好。

战争给了他们这样的机会。

在纠缠了近二十年后，他们终于在台湾共同生活了十年。张道藩把妻女送到了澳洲，与蒋碧微同居一室，两人得以晨昏相对，形影不离。蒋碧微是骄傲的，她说，别人给张道藩与夫人的请帖，她从不出席，除非另有给她的请帖，她才参加。

感情的路，就如蒋碧微所料，高峰过后，必然就是下坡路。1957 年，张道藩透露说想去澳洲探望妻女，蒋碧微敏感地察觉到，他们的缘分已到尽头。她不忍心让他为难，于是借去马来西亚探望外甥的机会，让他和妻女团聚。

她对他，因为理解，所以宽容。她说，"我深切了解他是永远无法打破原有的环境的。"又表示，"十年相依，一朝分袂，脆弱点的人也许会受不了，但我生来理性坚强，对于现在情势，我必须做一决断。"

张道藩从来都不是个决绝的人，将妻女接回后，自然回归了家庭。从那以后，他和蒋碧微再也没有单独见过面。

他最后给她的一封信说："从我遵照你的意旨，迁出温州街九十六巷十号，至今已经七年多了，我没有一天不在想你。"信中还写道："自三年前，自我受洗成为基督徒，我便常常在星期日上午十时半至十一时半到温州街九十六巷五号信友会教堂做礼拜。每一次都可以从教堂楼上的窗户凭眺我和你一同住过十多年的房顶，我曾很多次以我虔诚的心向上帝祷告，为你祈福……"

信中，张道藩表示很想再见她一面，可惜的是，他很快身染重病，不久就病逝于台北。病危时蒋碧微专程到医院来探望他，他茫然地睁着双眼，已认不出眼前的人。

"海枯不烂，斯爱不泯。"这是张道藩屡次在信中许下的承诺，即使后来没有相守到老，他们已为此做出最大的努力，并把最好的一面都给了彼此。他对她，无疑是极好的，深情克制，无微不至，照顾她的衣食，关心她的家人，为她找工作，有什么好东西都不忘捎给她；她父亲过世时，他像家里人一样忙前忙后。她对他呢，温柔得体，懂事明理，懂分寸，知进退，从不强求婚姻。

两人分别六年后,蒋碧微打开心扉,撰写了洋洋洒洒五十余万言的《蒋碧微回忆录》,上卷为《我和悲鸿》,下卷为《我和道藩》。回忆起张道藩这位往日情人来,她没有一丝一毫的怨气,字里行间,反而透露着"念人生得一知己足矣"的无怨无悔。

"四十多年前我们初相见时,大错已经铸成。"虽然明知是错,暮年的蒋碧微仍在回忆录结束处深情地写道,"我将独自一个留在这幢屋子里,这幢曾经洋溢着我们欢声、笑语的屋子里,容我将你的躯体关闭在门外,而把你的影子铭刻在心中。我会在那间小小的阳光室里,沐着落日余晖,看时光流转,花开花谢,然后,我会像一粒尘埃,冉冉飘浮,徐徐隐去……最后的一次,让我向你重申由衷的感激!"

爱情啊,你是如此虚幻,又是如此美丽,即使只是双方交汇时一刹那的火光,也足以让人怀想终生。

杨绛和钱锺书

有种爱如静水流深

如果把爱情比作水,那么它也拥有水的一百种形态。

有种爱如高山飞瀑,凌空而下,汹涌磅礴;有种爱却如山谷清溪,缓缓慢行,细水长流。

很难说哪种爱的形态更好,飞瀑有飞瀑的恣意,清溪有清溪的安静,比较起来,后者更持久,也更有余味。

钱锺书和杨绛的爱情,就是后一种。看杨绛所写的《我们仨》,就像看清溪流过,每一滴溪水,都凝聚着"我们仨"的记忆。读了这本书才发现,"我们"是一个多么温暖的字眼,任凭外面风雨飘摇,只要"我们"还在一起,就足以抵抗世间所有的不安。

"我们仨"的存在,给这个喧嚣的世界带来了一丝温润的慰藉。

《圣经》里说,"耶和华令女子护卫男子",杨绛,就是那个上帝派来护卫钱锺书的天使吧。是她,保全了他的痴气和淘气,也是她,照顾了他一辈子;还是她,在他和女儿都去世后,留下来,一个人静静地"打扫现场"。

有种女人,谁娶了她都会幸福一辈子,说的就是杨绛这样的女人。

这个小名"阿季"的女孩子出身于无锡一个书香门第,本名叫作杨季康,杨绛是她后来的笔名。这是一个十分和美的家庭,杨绛的母亲永远都以照顾丈夫和家庭为己任,有一次,她父亲身患重病,是母亲不顾众人反对,坚持请来中医,才把丈夫从鬼门关救了回来。

父母的相处模式影响了杨绛,尽管出过国门,接受过西式教育,可她骨子里仍然是一个最传统的贤妻良母。

杨绛长到十几岁时,已经亭亭玉立,在就读的东吴大学备受关注。宿舍姐妹开卧谈会,有人评价说,杨绛年纪小、模样好、身体健康、家境富裕,应该是最受男生青睐的那类女生了。杨绛在被窝里听到这句话,当即羞红了脸。

据说追求她的男生有孔门"七十二弟子"之众,但她后来辩解说并非如此,只有一个男生趁醉后给她塞了封信,她看了后,第二天就退还给他,为了怕他难堪,还善意地提醒他以后最好不要喝得太醉。从这件事里,可以看出她良好的教养。

杨绛为人毫不自恋,从来都不觉得自己生得美,很多年后,有人为钱锺书作传,她还特意写信声明:"我绝非美女,一中年妇女,夏志清见过我,不信去问他。情人眼里则是另一回事。"

社会学家费孝通当时还是个"愣头青",仗着从小和杨绛就是同学,便对想追她的男生说:"你们追她,得走我的门路。"久而久之,大家还以为他就是杨绛的男朋友。

杨绛一心想去清华求学,东吴大学闹学潮时,她毅然去了清华当借读生,就是在那里,遇到了钱锺书。连母亲都笑她说:"阿季的脚下拴着月下老人的红丝呢,所以心心念念只想考清华。"

大学时的钱锺书,敏思好学,恃才傲物,杨绛未和他见面前,已经久仰此人的大名。经朋友介绍认识后,只见他身着青布大褂,脚上一双厚底布鞋,鼻子上一副老式眼镜,打扮得堪称老土,只是眉宇间,自有一种"蔚然深秀"的气质。

两人初次见面,连话也没说,但都留下了很好的印象。尤其是钱锺书,几乎是对杨绛一见钟情,在他后来写的一首诗里,把初见时她的容颜比作浸在清露里的蔷薇花瓣,娇羞默默,思之难忘。

他不顾她已有男友的传言,当即约她在工字厅相见。两人一见面,他就忙不迭地澄清说:"我没有订婚。"她连忙也解释说:"我没有男朋友。"

从那以后,他们就开始写信互诉衷肠。钱锺书信写得很勤,有时达到了一天一封的地步,杨绛呢,偶尔回下信,大多数时候都不回。钱锺书大为苦恼,问她为何不回信。她辩解说,自己不爱写信。后来,他写《围城》,还念念不忘这段往事,《围城》里的唐晓芙也不爱写信。

其间,以杨绛男友自许的费孝通来找她,说自己认识她多年,更有资格做她的男朋友。杨绛回应:"朋友,可以。但朋友是目的,不是过渡;换句话说,你不是我的男朋友,我不是你的女朋友。若要照你现在的说法,我们不妨绝交。"费孝通只好怏怏而去。

此时,她察觉自己已经爱上钱锺书了,他放假回家,她难受了好久,冷静过后,才醒悟到,自己是"fall in love(坠入爱河)了"。

其实,这段缘分早就命中注定了。早在1919年,八岁的杨绛曾随父母去过钱锺书家做客,只是当时年纪小,印象寥寥。

这段自由恋爱很快赢得了双方家长的认可。钱锺书和杨绛的父亲杨荫杭志趣相投,杨父爱看字典,得知钱锺书也有此爱好后,高兴得马上唤来女儿:"阿季,这里也有一个爱看字典的!"他私下曾对女儿说:"(钱锺书)人是很高明的。"

杨绛有次给钱锺书写的一封信被钱的父亲钱基博拆了,信里写道:"现在吾两人快乐无用,须两家父亲兄弟皆大欢喜,吾两人之快乐乃彻始终不受障碍。"钱基博看完,大赞"此诚聪明人语",也不问钱锺书的意见,自作主张提笔给杨绛回了一封信,夸奖她明理懂事,并郑重其事地把儿子"托付"给她。

交往三年后,钱锺书与杨绛在苏州庙堂巷杨府举行了结婚仪式。婚礼当天热极了,杨绛曾回忆这一幕:"(《围城》里)结婚穿黑色礼服、白硬领圈给汗水浸得又黄又软的那位新郎,不是别人,正是锺书自己。因为我们结婚的黄道吉日是一年里最热的日子。我们的结婚照上,新人、伴娘、提花篮的女孩子、提纱的男孩子,一个个都像刚被警察拿获的扒手。"

婚礼如此狼狈,却一点也没妨碍他们婚后的甜蜜。

从结婚那天开始,杨绛就事事以钱锺书为先,终身都以守护他为己任。

她是他"最贤的妻"。

婚后没多久,钱锺书考取了中英庚款留学奖学金,杨绛毫不犹豫中断清华学业,陪丈夫远赴英法游学。到了国外,她才发现,钱锺书除了做学问之外,在生活事务上几乎一窍不通。

她在医院坐月子时,他不时带来"坏消息":

我做坏事了,台灯弄坏了;

我又做坏事了,墨水染了桌布;

坏事了,我的颧骨……

杨绛回应他的,总是轻描淡写的"不要紧",她出院后,果然将他闯的祸一一化解。从此以后,她的"不要紧"三个字成了他的定海神针,只要有她在,一切都不要紧。

她就像一只大鸟,竭力张开翅膀羽翼,把夫君和女儿都牢牢保护在羽翼下,让他们免受世俗事务的纷扰。七十多岁的时候,还把椅子架在桌子上,亲自爬上椅子去换灯泡。钱锺书一直连煤气罐都不会使用,有天钱学会划火柴了,她为此感到无比骄傲。

钱的母亲夸这位儿媳,"笔杆摇得,锅铲握得,在家什么粗活都干,真是上得厅堂,下得厨房,入水能游,出水能跳,锺书痴人痴福。"

很多女人以改造丈夫为己任,可杨绛一生中最自豪的,就是她保全了钱锺书的淘气和痴气。

钱锺书为人,孩子气极重,他是女儿阿圆最好的小伙伴,两个人常常结伴胡闹,只要不是太过分,杨绛就随他们去闹。一次厨房失了火,阿圆慌得跑过来大叫:"娘,不好了不好了。"钱锺书也跟在后面气急败坏地大叫:"娘,不好了不好了。"杨绛又好气又好笑,赶紧去替他们收拾残局。

钱锺书在人情世故上有极其天真的一面,杨绛就成了他和外界的一道润滑剂。有次钱家的猫与林徽因家的猫咪打架,钱锺书拿起木棍要为自家猫咪助威,杨绛连忙劝止,她说林的猫是她们家"爱的焦点",打猫得看主妇面。

战乱年代,有次日本人突然上门,杨绛一边与之周旋,一边第一时间藏好了钱锺书的《谈艺录》手稿。她总是把他的作品、他的健康看得比自己的生命还要重,这点令钱锺书感念不已,事后还一再提及。

她同时还是"最才的女"。

世人皆知杨绛是作家钱锺书的妻子,却不知,钱锺书一度也被人称为编剧杨绛的丈夫。

那是他们回国后,杨绛创作了话剧《称心如意》。在金都大戏院上演后,一鸣惊人,迅速走红。就是那出戏,她第一次用了"杨绛"这个笔名,与她的本名相比,反而是这个笔名更广为人知。后来又相继创作了《弄真成假》《风絮》等话剧,风头一时无两,钱锺书那时名气相对小很多,经常被介绍成"这是杨绛的夫"。

杨绛一生译著等身，为了翻译《堂吉诃德》，人到中年还自学西班牙语，因为翻译工作出色，后来还被西班牙皇室授予了勋章。

她写的文学作品不算太多，但每一部都堪称经典。晚年创作反映文革经历的小说《洗澡》，以清淡之笔刻画世相，居然入木三分。读者难以想象如此笔力深厚的小说居然出自一位老人之手。写《洗澡》时，她已经七十岁了。

钱锺书写作《围城》时，她是他的第一个读者，电视剧《围城》里那段经典旁白——"围在城里的想逃出来，城外的人想冲进去。对婚姻也罢，职业也罢。人生的愿望大都如此。"实际上就出自杨绛之手，她可谓是最懂《围城》的人。

得妻如此，夫复何求。有点痴气的钱锺书，以一片痴心来回报妻子的深情。

在英国留学时，有天杨绛还在睡觉，钱锺书已起床特意为她做早餐。平日里"拙手笨脚"的他煮了鸡蛋，烤了面包，热了牛奶，还做了醇香的红茶。睡眼惺忪的杨绛被钱锺书叫醒，他把一张用餐小桌支在床上，把美味的早餐放在小桌上，这样杨绛就可以坐在床上随意享用了。吃着夫君亲自做的饭，杨绛幸福地说："这是我吃过的最香的早饭。"

他为她做了一辈子的早餐，后来有了女儿阿圆，则变成为她们母女俩做早餐。

她怀孕时，他对她说："我不要儿子，我要女儿——只要一个，就像你这样的！"她生了阿圆后，他喜滋滋地说："这是我的女儿，我喜欢的。"他执意不要第二个孩子,理由是:"我们如再生一个孩子比阿圆好,而喜欢那个孩子,怎么对得起阿圆呢?"其实,是他不忍心让她再受生育之苦,每次女儿生日的时候,他总要说:"这是母难日。"

抗战时为了生计,他曾经外出教书,留她们母女在无锡。他十分思念她们,给杨绛写了很多旧体诗,好不容易从外地回来后,他郑重地对她许诺:"从今以后,我们只有死别,没有生离。"他果然实现了自己的诺言。

对这位才华横溢的妻子,他视若珍宝,毫无保留地赞美她,以至于朋友们都笑他有"誉妻癖"。

他称赞她为"最贤的妻,最才的女",在她面前甘拜下风,不止一次说:"杨绛的散文是天生的好,谁也比不了的。1946年短篇小说集《人·兽·鬼》出版后,在自留的初版的样书上,他为妻子写下这样无匹的情话:"赠予杨季康,绝无仅有的结合了各不相容的三者:妻子、情人、朋友。"巧的是,谈及对婚姻的理解,杨绛也曾说过,夫妻间最理想的关系是情人同时也是朋友。

他们除了生活上的相濡以沫之外,更有着精神上的相知相契。他们是夫妻,也是最好的朋友。

他们志趣相投,两个人最爱的就是读书,有次杨绛的父亲问她:"阿季,让你三天不读书感觉如何?"杨绛回答:"有点难受。"父亲又问:"那让你七天不读书呢?"杨绛说:"那感觉七天都白活了。"钱锺书更是爱书成痴,两人在英国留学时,常比赛谁读的书更多,还常一起背诗玩，他们发现如果两人同把诗句中的某一个字忘了，怎么凑也不合适，那个字准是全诗中最贴切的字，"妥帖的字，有黏性，忘不了。"

他们性情相近，两个人是出了名的与世无争，一心只想在风雨飘摇中有张安稳的书桌，对政治都比较淡漠。杨绛曾经写过一篇名叫《隐身衣》的文章，说身处卑微就是最好的隐身衣，她和钱锺书也是乱世中的一对隐士夫妇，隐于市，遁于书中。

他们进退也一致。抗战胜利后，他们本来有离开的机会，却选择留在了自己的祖国，留下来，不是为了唱"爱国调"谋什么高职，正如杨绛所说："我们不愿逃跑……我们是文化人，爱祖国的文化，爱祖国的文字，爱祖国的语言……不愿做外国人。"

"文革"中，他们被下放到干校，安排杨绛种菜，这年她已年近六十了。钱锺书担任干校通信员，每天他去邮电所取信的时候就会特意走菜园的东边，与她"菜园相会"。干校的生活十分艰苦，杨绛回忆说，那时要过五个关，分别是劳动关、睡觉关、吃饭关、方便关等，有次她睡觉没开灯，只听见猫在叫，打开灯一看，被铺上赫然是两只血肉模糊的老鼠，吓得她赶紧跳下了床。

惊魂甫定，她就不乏幽默地对钱锺书说："猫儿饷我以鼠。"钱锺书笑着安慰她说："这是个好兆头，说明你很快就要苦尽甘来了。"

这是一对善于苦中作乐的夫妻，他们总是用笑谑来消解沉重的苦。纵使乌云蔽日，看在他们眼里，每片乌云都镶有一道金边。

好不容易苦尽甘来,他们已携手走到了人生的边上。

晚年的钱锺书身患膀胱癌,两次入院,生命中的最后四年全是在医院中度过。女儿阿圆也查出肺癌,在另一个医院住院。八十多岁的杨绛奔波于两个医院间,她守护了他们一辈子,只求能给予他们最后的庇护。

钱锺书病重时已无法进食,只能鼻饲,杨绛就精心给他准备各种鸡、鱼、蔬菜泥混入营养液内,鸡胸肉要剔得一根筋没有,鱼肉一根小刺都不能有。她说:"锺书病中,我只求比他多活一年。照顾人,男不如女。我尽力保自己,争求'夫先,妻在后',错了次序就糟糕了。"

亲友们见她太累了,让她回家休息下,她固执地留在医院,并说:"锺书在哪里,家就在哪里!"

1997年,被杨绛称为"我平生唯一杰作"的爱女阿圆去世。一年后,钱锺书临终,一眼未合好,杨绛附在他耳边说:"你放心,有我哪!"她说完这句话,他终于闭上了眼睛。

梧桐半死清霜后,头白鸳鸯失伴飞。"从今以后,我们只有死别,没有生离。"钱锺书当年的誓言犹在耳畔,没想到,居然一语成谶。

可以想见杨绛内心的沉痛,她在文章中说:"锺书逃走了,我也想逃走,但是逃到哪里去呢?我压根儿不能逃,得留在人世间,打扫现场,尽我应尽的责任。"

三里河的家,对她来说已只是寓所,她守在那里,以一支纯净之笔写出了《我们仨》。这本书里,没有浪漫的故事,没有曲折的情节,写的只是记忆中一些微细之事,却格外真挚动人。

许多年前,杨绛读到英国传记作家概括最理想的婚姻:"我见到她之前,从未想到要结婚;我娶了她几十年,从未后悔娶她;也未想过要娶别的女人。"把它念给钱锺书听,钱当即表态:"我和他一样。"杨绛说:"我也一样。"

世间好物不坚牢,彩云易散琉璃脆。正因如此,我们对钱锺书和杨绛的爱情才如此向往,因为他们诠释了世人理想中的爱情状态——一生一世一双人,纯粹,持久,有如静水流深。

好的爱情,经得起烟火,守得住深情

图书在版编目（CIP）数据

在最美的时光里，遇见最好的爱情／慕容素衣著. -- 北京：北京十月文艺出版社，2017.1
ISBN 978-7-5302-1645-3

Ⅰ.①在… Ⅱ.①慕… Ⅲ.①散文集－中国－当代 Ⅳ.①I267

中国版本图书馆CIP数据核字(2016)第289393号

在最美的时光里，遇见最好的爱情
ZAI ZUIMEI DE SHIGUANG LI YUJIAN ZUIHAO DE AIQING
慕容素衣 著

出　版	北京出版集团公司	
	北京十月文艺出版社	
地　址	北京北三环中路6号	
邮　编	100120	
网　址	www.bph.com.cn	
发　行	新经典发行有限公司	
	电话 (010)68423599	
经　销	新华书店	
印　刷	北京新华印刷有限公司	
版　次	2017年1月第1版	
	2017年1月第1次印刷	
开　本	880毫米×1230毫米　1/32	
印　张	7	
字　数	150千字	
书　号	ISBN 978-7-5302-1645-3	
定　价	36.80元	

质量监督电话　010-58572393
如有印装质量问题，由本社负责调换

版权所有，未经书面许可，不得转载、复制、翻印，违者必究。